KB092148

내 허물 좀 보세요

조병훈 시집

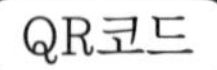

스마트폰으로 QR 코드를 스캔하면
시낭송을 감상할 수 있습니다

제목 : 꽃길인 줄 알았는데
시낭송 : 박영애

제목 : 어머니와 호미 자루
시낭송 : 박영애

제목 : 깨울 방법이 없네요
시낭송 : 박영애

제목 : 어머니와 허수아비
시낭송 : 박영애

제목 : 단신인 할머니의 푸념
시낭송 : 박영애

제목 : 눠우침
시낭송 : 박영애

제목 : 그리운 어머니
시낭송 : 박영애

영상은 YouTube 정책 또는 운영 관리에 따라 삭제될 수도 있습니다.

시인은 자연을 이야기하고 시낭송가는 자연을 품었다
글자는 날개를 달아 언어로 날고 소리는 자연에 눕는다

시인의 말

술독에서 벗어날 수 없는 알코올중독자
삶을 개척할 줄 모르고 술만 찾았던 나
가정은 뒷전이고 술만 있으면 세상 모든 것이
내 것인 양 가진 것도 없는 주제에 흥청대며
세월을 보낸 가정이 편안한 날 있었겠습니까?
어머니는 애간장 녹고 마누라는 화병에
알코올중독자 가정의 폐쇄된 공포감
어머니께서는 자식이라 어쩔 수 없이 지켜보셨겠지만,
아내의 마음은 어떠하였겠습니까?
돌아서자니 자식이 붙잡고 살자니 내일이 캄캄하고
이러지도 저러지도 못하고 치마폭에 눈물 감추고
살아온 내 아내에게 진심으로 고백합니다.
참아줘서 고맙습니다.
기둥 되어 주어서 감사합니다.
처음처럼 사랑하겠습니다.
단주하며 살아온 지 10여 년 많은 변화가 내 앞에 나타났다.
잃어버렸던 아내의 입가에 웃음이 찾아왔고
불안의 연속이었던 가정이 부족함 없는 가정으로
마음의 평안함이 꽃피는 부부관계로 변했다.
내 삶을 바꾸어 주신 정병근 시인님!
시인의 길로 인도하여 주셔서 감사합니다.
언제나 함께할게요.

시인 조병훈

* 목차

* 목차

두메산골

사랑을 가르쳐 준
눈에 꽂힌 누나

철부지였던 내게
사랑의 사냥법을
낚시에 걸린 물고기처럼
붙잡는 방법을 터득시킨 누님

부드러운 말
애교 만점
말괄량이 같은 쾌활한 성격

친동생보다 나를 사랑해 준
선녀 같은 누이

하늘 아래
깊은 산골 흙에 묻혀
삶을 즐기고 있는 누나

지금도 나를
예뻐하고 있는지 궁금하다

밤꽃 향기

밤꽃이 필 때
밤송이 가시에 찔려도
마냥 즐거웠던 그 시간 그 품속

지날 때마다
코끝을 스치는 밤꽃 향기는
새로움보다 포근했던 밤을
감미롭게 던져주고

달빛 속에 핀 밤느정이 내음은
인연을 맺어준 듯
열애설을 퍼뜨릴 양
밤바람에 실려 가고

기약 없이 떠나간 그리운 임처럼
밤느정이 향기는 여운만 남기고
사라지고 있다

생각은 착각이었다

고독 안에 생각이 난다
어쩌면 좋을까?

내 당신
내 맘 아신다면
곱게 피어 있는 꽃
꺾어질 텐데

마음속으로만 그리워하려니
애간장 타는구나

이 순간
그리운 사람이 내 앞에 서 있다면
어떻게 해야 할까?

고맙다 친구야

막걸리 한 잔에 정이 붙는
술친구가 아니라
수어지교(水魚之交)로 맺어진 인연

서로를 위해
삶 속에서 실천하는
진실한 우정의 돌탑

표정만 보아도
마음을 꿰뚫고 있는 반석 같은 단짝

어려운 시험 환난 있을 때
강 건너 불 보듯 하지 않고
내 일처럼 도와주고 위로해 주는 단패(單牌)

무너진 담도 함께 쌓는 담쟁이넝쿨처럼
손잡고 가는 서로의 버팀목이 되자

소용돌이

상대방의 폭언도 언행도 받아들이기에 있는데
깊이 생각하지 않고
순간 분노가 폭발하는 것이
지인 앞에서 올바른 자세인가?

앞뒤를 분별할 줄 모르는 내 입장만 생각하는
바보가 되어서는 안 되는데
성격 탓일까 품격 때문일까?

오늘 나는 큰 잘못을 했다
짧은 내 생각으로만 판단하고
나를 지키고 계시는 지인에게
마음에 큰 아픔을 안겨 드렸다

내 잘못을 먼저 생각했어야 하는데
지인의 마음을 헤아리지 못하고
악한 감정이 앞서고 자제하지 못했다

나를 먼저 돌아봐야 했는데
그렇게 할 줄 몰랐다 아니 안 했다
잘못은 내가 했는데 지인이 찾아와
좋은 대화로 관계는 회복되었지만
잘못된 후회가 소용돌이치고 있다.

이불 속 사랑 어디 가고

세상에 태어날 때
내 맘대로 태어난 것도 아닌데
내 손에 없는 것을 붙잡으려고
배냇저고리 입고부터 손놀림하며
황혼기까지 살아왔다

유수 같은 세월은 파 뿌리만 남기고
묻혀버린 삶의 무게만 손에 쥐고 있다

신사임당 몇 장 있을 때는 허랑방탕
이 몸 쇠약해지니 할멈 품 그리운데

마누라 맺힌 한
마음속 깊이 남아
젖가슴 내어 주던 그때는 어디로 가고
이불 속 발길질에 독수공방 체수로다

생각 속의 아버지

얼굴도 못 본 아버지
손 한 번 잡아보지 못한 아버지
내 손 한 번이라도 잡아주시고
품에 안아보셨는지요

친구 아버지 교문 앞에서 기다리다
책 보따리 들어주고 안고 가실 때
운동회 날 아들 손잡고 달음박질하실 때
너무나 부러웠고
나는 왜 아버지가 없을까 했어요

친구 아버지 손잡고 버스 탈 때
자전거 타는 것 가르친다고
뒤에서 잡아주는 모습을 보고
멍하니 바라보다
아버지를 그리워하면서 울고 말았어요

생전에 불러보지 못한 아버지
3살 때 아버지를 여의고
어머니 품 안에서 자란 막둥이
영정 사진이라도 있다면
내 품에 안고 잠들고 싶어요

언제 불러 보았던가

이름이 있어도 부르지 못하고
이름이 있어도 빛을 못 보는
나와 함께한 가장 소중한 아내

이름마저도 잃어버리고
허리 굽도록 가정에 헌신한 복덩어리

결혼하면 감춰져 버린 이름
대문 앞 문패에도
적혀 있지 않은 이름 석 자

여보 당신 불러도
상냥하게 대답하는 꽃 중의 꽃
우리 집 주방장

이제는 말해야겠다
이름을 부르며 살자고

고갯길이 부른다

쉼 없는 인생 고달프다
지나온 길 잡풀만이 무성하고
여생의 고갯길이
몇 고개 남았는지도 모르고
걸음걸이는 힘들어지고 있다

뒤돌아볼 것도 자랑할 것도 없는
이름 석 자 남길 만한 업적도 없이
세월만 좀 먹고 살았다

청춘기에 게으름이 노년까지 따라왔으니
발버둥 치고 노력해 본들
제 버릇 누굴 주겠는가?

가슴 치고 눈물 흘려도 받아줄 가족 없고
후회는 이 순간이 가져갔으니
호의호식 꿈꾸지 말고
부를 때까지 욕심 없이 살란다

재롱둥이 때가 예쁘다

사랑스러운 손주 녀석
할머니 손 잡아당기며
마트로 발걸음 한다

주머니 비어 있는 할머니
할아버지도 모르는 비상금
살며시 꺼내
손주 마음에 흡족함을 채운다

내 자식보다
손주가 예쁘다는 할머니
그 말을 듣고도
얼굴 찌푸리지 않고 웃는 딸

장난감 놀이에 몰두하는 손주 녀석
따라다니면서 정리하는 할머니
허리 아프다 하시면서
아이고 내 금송아지 엉덩이 두드려 주신다

오늘도 할머니는
손주 재롱에 웃음꽃이 피고
옆에 계신 할아버지
손주 사랑과 애교에 하루가 짧기만 하다

감언이설

친절하게 다가오는 지인
속내는 감추고 겉모습만 보이는
경계 대상 1호이다

터전도 없고 가진 것도 없으면서
갑부 후손이나 된 듯
감언이설로 접근하는 간살쟁이

감쪽같이 속아 내 속 다 빼주고
천년만년 벗으로
손잡을 줄 알았던 각다귀*

한 가정을 송두리째 박살 내고
고급 승용차에 새끼손가락 매달고 다니는
철면피 같은 인간

하루에도 선한 사람들이
가까운 지인의 농간에
나그넷길을 걷고 있는 현실이 나와 같다

* 각다귀 : 남의 것을 착취하는 악한을 일컫는 말

노년의 하루

청춘이 아깝다 말하지만
세월 속에 묻혀 버린 것을

그때 젊음이
지금까지 함께 한다면
육신은 곤두박질하는데
무엇을 하려고 청춘을 찾는가?

인생 속에 수십 번씩
삶이 어려우면 젊음을 탓 하지만
청춘 때 없는 것이
늙은 육신 앞에 있겠는가?

늙으면 어린아이 된다고
주책바가지 그만 부리고
자식들한테 대접받고
손주들 재롱 받고 살려면
있는 것 아깝다고 하지 말고
뻥뻥 꺼내주며 즐기세

공짜는 하루살이

너나 나나 줄 서는 로또방
행여나 하고 기다리는 토요일

대박을 꿈꾸며 붙잡지도 못할 것을
머리 싸매고 긁어대는 로또꾼

멋진 자가용 호화스러운 아파트
외제 캠핑카 설계해 놓고
망상에 이끌리어 부모님 생각은 뒷전이고
세계 일주는 어디로 먼저 갈까?

로또가 주는 마음의 기쁨
생각할수록 행복해지는 순간
꿈보다 해명이 좋은 로또

가진 재산도 가정도 대박 터지는 찰나
탕진하는 대문이 활짝 열린다

부부의 날

달력 숫자 밑에 적혀 있는 부부의 날
활주로 떠난 비행기같이
무심하게 지나쳐 버린 날

매년 볼 때마다
미안한 마음이 자리 잡았다
부부의 날이라고 외출 외식 한번 못 해주고
손가락에 반지 하나 끼워주지 못한 날

가장 소중하게 간직했다
나의 반려자로 살아줘서
고맙습니다 사랑합니다
이 말을 해야 할 부부의 날

무엇으로도 바꿀 수 없는 보물단지
가정을 세워온 내 아내

이번 부부의 날을 시작으로
더욱 두터운 잠자리에서
여생 지마(芝麻/脂麻) 쏟아지듯 살자고
포옹하면서 입맞춤하였다

유산이 가정을 지켰다

금쪽같이 쌓아 오신 재산 남겨 놓고 운명하신 어머님
감사합니다 고맙습니다 말 한마디 못 해 드리고
어머님 피와 땀으로 호강하며 살고 있습니다

헌 누더기 입으시고
배고프고 눈물 흘려도 내색하지 않으시고
자식 앞에 반식 밥 올려놓고
냉수에 보리밥 한 숟가락 말아 드시고
오일장 한번 제대로 못 가신 어머님

자식이 잘못해도 숨겨주시고
가슴 아파하신 그 모습
가난은 물려주지 않겠다며
모진 수난 이겨내고 살아오신 어머님

5월은 가정의 달
5월 8일은 어버이날
어머님 묘비 앞에 꽃 한 송이 바치지 못한 불효자식
영정 사진 바라보고 큰절드리면 어머님께서 받으시겠습니까?

부모 은공 잊고 사는 불초자 주신 유산 손주들에게
할머니 강혈과 수고가 숨 쉬는 재산이라고 안겨주겠습니다

꽃 가슴

임자 가슴에 인내의 꽃밭이
몇 평이나 있소

사시사철 괴로우나 분이 올라와도
내색하지 않는 표정이
말 없는 꽃과 같소

한철 피는 꽃도 각색각양인데
당신 속에 피어 있는 마음의 꽃은
몇 종류나 되오

꺾이지도 않고
보이지도 않는 깊은 곳에
영원히 숨겨 놓고
임자 혼자 가꾸다
백년가약 대포 소리 날까
귀 막고 있소

은공을 잊고 살았습니다

스승의 날을 기념하여 지금까지 은혜를 잊고
찾아뵙지도 못한 은사님께
말썽꾸러기 제자가 시인되어 시로 문안드립니다

무섭기만 했던 선생님
다가가기조차 조심스럽던 회초리 선생님
콩나물 시리 같은 교실에서
인성 교육을 기본으로 가르치신
구례가 고향이신 은사님

스승님 교직에 계실 때
회초리로 종아리 맞고 손바닥 맞으면서 공부할 때
예의를 지킬 줄 알았고
웃어른께 인사법도 배웠습니다

고마우신 스승님
선생님께서 계셨기에 글도 배웠고
가르침이 텃밭이 되었습니다

은공을 잊고 살아왔지만
이제야 씨앗이 꽃망울로 피어나
시를 쓰는 제자가 되었습니다

스승님 감사합니다

시신 기증서

아무런 생각 없이 잠자리에서 일어나
하루의 계획 없이
해바라기 따라 흘러간 시간

우편함에 넣어진 시신 기증서를 받아보니
이제 나도 살 만큼 살았다고 하면서
평생의 죄 조금이라도 사죄받으려면
이 길이 좋겠다 싶어
전대병원에 시신 기증을 했다

숨 쉴 때 못한 일
죽어서라도 이 한 몸 의료계의 도움이 되어
한 생명을 치료하는데 연구의 대상이 되는 것도
얼마나 값진 일인가?

많은 사람 두 번 죽는다고 외면하지만
나는 잘했다고 자랑하고 싶다
후세들을 위해서 누군가는 해야 할 일
죽으면 한 줌의 흙 되지만
흙 되기 전 내 몸에서
치료하지 못한 병 유전자라도 발견되면
거룩한 죽음이 되지 않겠는가?

만개하여 있는 밥상

부르면 부를수록 정이 깊어지는 명칭
부르다가 쓰러져도 안고 가야 할 내 여보

애교 만점 사랑 만점
빵점이 없는
내 품에 인어공주 병*

살며시 만져도 터질 것 같은 가슴
앵두 같은 입술은 언제나 나를 부르고

밥상 위에 진수성찬 싫증도 나겠지만
도마 위에 칼질 소리는 변함없다

단둘이 앉은 식탁 위에는
당신 먼저 여보 먼저
젓가락 대결에 웃음꽃이 만개하여 있다

* 인어공주병 : 자기가 아는 것만 얘기하는 여자

세월 탓한 내가 바보지

세월아
조금만 천천히 가라
무거운 죄 짊어지고 힘에 겨워
너 못 따라가겠다

너는 흘려만 가고 내 육신 너 따라가다 보면
지은 죄 언제 회개하고 너 따라가겠니

잠시 잠깐이라도 쉬었다 오면
잊어버린 잘못 하나라도 더 찾아
내 님께 용서받고 싶은데
나 몰라라 고개 돌리는 네가 원망스럽다

세월이 약이라던데 그냥 흘러갈 거니
개과천선하여 하늘나라 그분 계신 그곳에
데려다주고 가면 천사라 불려주마

내 꿈

생각 속에 머물다가
망각으로 사라진 허무한 인생의 꿈

붙잡을 수 있는 것도 놓쳐 버린 날파람둥이
붙잡을 수 없는 것도
제비 다리 하나 고쳐주고
저절로 들어오는 흥부네 집

살려고 발버둥 치지만
내 손에서 떠나버린 것들
이만하면 먹고살겠다 할 때 제일 행복한 것

욕심은 끝이 없고 배려는 놀부 같고
주기는 아깝고 받기만 좋아하는
꿀꿀이 가정되지 말자

쌓아 놓은 것 없지만
있는 대로 주시는 대로 감사하면서
배려를 실천하는 내 가정 되고 싶다

형제 바위

근린에 장난꾸러기들
시간 가는 줄 모르고 물놀이하던 그 강물

강 가운데 자리 잡은 형제 바위
홍수가 흘려도 눈 깜박 않는
불알친구들의 다정한 벗

여름이면
종일토록 만지고 올라타고 뛰어내려도
묵묵히 같이 놀아 준 형제 바위

내 눈 속에서 그림이 그려지지만
형제 바위는 숨도 쉴 수 없는 주암호 물속에서
나오지도 못하고 몸부림치다 죽었을까 살았을까?

참아줘서 고맙습니다

여보
내가 임자에게 이런 말 한 적 있나요?
내가 잘못했다고 당신을 사랑한다고

잘못 살고 있다는 것을 알면서 깨우치지 못하고
술꾼인 줄 알면서도 술을 끊지 못하고
온갖 거짓말로 당신을 속였을 때 어떤 마음이었소

죽이지도 못하고 버리자니 불쌍하고
보면 이 갈리고 짠하고
몇 날 며칠 술에 취해 누워 있을 때
종일토록 힘들게 일하고 집에 오면
곤드레만드레 취해 있는 남편을 볼 때
어떤 심정이었소

고무신 거꾸로 신자니 자식들 눈에 밟히고
살자니 분통 터지고 자니 마음대로 못 죽고
그래서 참고 살아왔소

고생 많이 했소
임자 마음 지금 헤아려 보니 내 죄가 컸소
알코올중독자 살려줘서 고맙소
참고 살다 보니 평안한 날 오지 않았소
말년에 손잡고 만사태평 즐기며
한날한시에 꽃가마 타고 하늘나라 갑시다

숲속 회상

세월 지나
그 숲길 걷다 보니
잡초만이 무성한 그 자리
옛정의 향이 느껴진다

임이 앉은 그 자리
수십 년이 흘려도
푸른 잔디는 변함없고

임이 심은 향기는
사라질 줄 모르고
그 자리에 풍기고 있는데

바람에 스치는
대나무 이파리
임의 치마폭 그립게 한다

사랑의 정원

뜨개질하고 있는 아내의 얼굴을 보니
밤하늘 보름달 같은 모습은 어디로 가고

주름진 눈가에 그려진 고생한 흔적이
오늘따라 유별나게
수고한 대가 없이 살아온
떠돌이 인생같이 보인다

가정을 지키기 위해
고군분투하여 세워온 우리 집
흘린 눈물 도랑물 흐르고
아픈 몸 참아가며
이루어 놓은 사랑의 정원

허수아비 남편 탓하지 않고
냉가슴 쥐어짜며
여자의 일생 애창곡 속에
가정을 꽃동산에 앉혀 놓았다

꽃가마 탈 수 있는 아내에게
행복은 이제부터라고
손가락 하트 해 보였다

매력

삶이 어렵다면
詩를 써보세요

하루가 지루하시면
시집을 읽어 보세요

잠이 오지 않으세요
詩를 묵상해 보세요

괴롭거나 외로울 때
시가를 불려보세요

詩는 마음의 평안함

무엇인가 낭만이 넘치며
알 수 없는 향기가
몸 안에 꽃송이로 피어나고
밤하늘 별보다 많은 詩속에
평안함이 넘쳐요

꽃망울이 떨어지던 날

손에 손잡고 거리로 나섰던 전남대 학생들
이 나라 부정부패를 뿌리뽑기 위해
젊음을 앞세우고 독재와 맞섰던 광주의 얼굴들이여

구곡간장 시름 풀려고 맨손을 들었던
광주의 영웅들이여
5.18 묘지에 잠들어 있지만
그대들의 영은 그날의 그 자리
전남 도청 앞 금남로에 있을 것이다

피다가 진 꽃망울들이여
그대들의 공적은
광주 시민 가슴속에 영원히 남으리라
아니 대한민국 무궁화 되어
영원히 피어 있을 것이다

부모 마음에 대못 박고 간 꽃망울들이여
민주화의 초석이 된 영령들이여
그대들이 있어
민주화의 성지 광주는 영원하리라

영원하리라

무등의 광주
오월이 되면 광주 시민의
오열이 터진 그날의 함성이여

부르짖다 쓰러지고 총칼에 찔리고
전차 앞에 두려움이 없었던
5월의 영령들이여

그대들이 있어 민주주의가 세워지고
평안이 찾아온 이 나라를 보고 있는가?

오월의 함성은 사라지고
거짓된 5.18을 외치는 폭도 꾼이 나타나
광주 시민 뒤에서 총을 쐈다

미치광이도 못 할 망언을 목사가 해야 하겠는가
영령들이여 분노하지 마소서
그대들이 이뤄 놓은 민주화는 영원할 테니까

꽃순이

花아 울지마라
우는 네 마음 헤아리기 어렵지만
눈물 자국 위에 쓰인
너의 속마음 거울 속에 비춰보아라

붙잡지도 못하고
보내기는 더욱 싫은
임의 연정이 숨어 있는 네 마음

사랑한다 말 못 하고
목에 걸린 가시처럼 나올 듯 말듯
애간장 태우지 말고

실타래 풀리듯
사랑의 줄 돌팔매질하여
내 마음 깊은 곳에 연꽃처럼 피어다오

인생무상

허공 속에 영(靈)은
떠돌다 흩어진 구름처럼
인생의 허무함을 알고 있을까

말할 수 없는 유령(遺靈) 붙잡고
살아있는 생명이 하소연하면
하늘나라에서 뭐라 하실까

물어볼 곳도
찾아갈 곳도 하늘나라뿐인데
무엇을 찾으려고
엽전 몇 개 던지는 헛된 것을 찾아
인생 사막 물어볼까?

누님 이장(移葬) 하던 날

꽃다운 나이에 피워보지도 못하고
49세로 일기(一期)를 마감한
나를 업고 키우신 누님

누님 마지막 가시던 날
어린 조카들 눈물바다 이룬 통곡 소리가
지금도 눈에 선합니다

가실 때는 말없이 가셨지만
자식들 사는 현실을 보실 수만 있다면
마음 뿌듯하실 겁니다

남매간의 우정과 사랑
그렇게 살라고 본을 보이고 가신 누님
조카들 덕분에 저도 외로움 잊고 살고 있습니다

며칠 전에 산꼭대기 계신 매형 누님
명당자리 찾아 2년 동안이나 수고한 조카가
봉덕마을 옆 문중 산으로 이장했습니다

지팡이 짚고 올라오는
외삼촌 손잡고 눈물 흘리는 조카
누님이 얼마나 그리웠으면
누나 닮은 나를 보고 울었을까요?

살아만 계신다면 금 방석에 앉아
자식 키운 보람 마음껏 누리시며 행복했을 누나

오시기만을 기다리는 조카들을 위해
꿈에서라도 찾아오셔서 금 방석 앉아 보세요
조카들 기뻐 날뛰며 행복할 겁니다

무궁화꽃이 되고 싶다

꽃에서 품어내는 향기로운 꽃내음
시들지 않는 무궁화 시인되어

시향 실은 거먹구름 타고 바람 불러
이 나라 끝까지 데려다 달라고 해야지

피어보지도 못하고
과실 없는 나무처럼
허수아비 문인 되지 말고
거먹구름 속에서 향기 나는 빗방울 내려
울릉도 독도까지
시가(詩歌) 하는 문사 되고 싶다

한번 피어 영원히 피어 있는 꽃
우리나라 꽃 무궁화꽃처럼
잊히지 않는 "적선"* 되리라

* 적선 : 아주 뛰어난 시인을 비유적으로 이르는 말
중국 당나라 시인 '이백'을 달리 이르는 말

누나야

사랑을 알 때쯤
한 학급 높은 어여쁜 누나가
등굣길에 내 손을 꼭 잡았다

동급생 볼까 봐 살며시 뿌리쳐 보았지만
누나 손은 더욱 강해졌다

등교 시간에 만나면 학교는 도중하차
산에 올라가 도시락 까먹고
종일 무엇 했던가?

농촌 학교 학생 수도 적고
남녀공학 소문은 번개 같았다

버선발로 찾아오신 어머니
교장실로 교무실로
두 손 닳도록 용서를 빌고 퇴학은 면했다

밤이슬 맞으며 예쁘게 봐주고 안아준 누나야
행복에 묻혀 사는가?

영면(永眠)

저 높은 곳
보이지 않는 곳에서
내 앞길 보고 계시는 어머니

사람은 있든 없든
베풀고 살아야 한다는 귀중한 말씀
술꾼 자식에게도 선을 가르치신 어머니

욕심 때문에 어머니 뜻을 따르지 못하고
베풀지 못한 이 현실 보고 계신다면
가슴 치며 울고 계실 어머니

술망나니 단주하는 모습
한 번만 보고 가셨다면
평안한 곳 가셨을 텐데

눈물 흘리며 가셨을 어머니
영면하실 때 감고 가셨는지
자리 지키지 못한 이 자식
그곳에서라도 회초리 드시옵소서

은혜로운 꽃

꽃이 아름답다 해도
꽃보다 아름답고 꽃송이보다 어여쁜
은혜로운 꽃

꺾이고 또 꺾어져도 버리지 않고
일으켜 세워준 가정의 꽃

꽃은 한 철이지만
삼시 세 때 피어 있는 30년 전 그 꽃
만개(滿開)가 지나 할미꽃 되어 피었어도
개화 때처럼 가정에 향기를 풍기고
살아온 내 아내

꺾어져도 아프다 하지 않고
삶이 어려워도 맹아(萌芽)처럼 돋아나는
가정의 정원

볼수록 아름다운 꽃
이름 없는 꽃일지라도
쌍둥이 할미꽃
밥숟가락 놓을 때까지 피어만 있어 주오

심는 대로 거둔다

농부는 한 알의 씨앗을 심어
몇십 배의 수확을 하기까지
땀과 수고 없이 땅에서 얻는 것 없다

내 마음속에도 배려가 없다면
삶의 기쁨이 욕심으로 둔갑 되고
하루의 계획 속에 이웃 사랑이 없다면
허수아비보다 못한 추풍낙엽이 될 것이다

한 길 물속은 알아도
한 치도 못 되는 사람 속은 모른다고
상냥한 미소를 지으면서도
속마음은 놀부가 들어있는 분대꾼*

심는 대로 거둔다 해도
마음을 다하지 못하고
행함 없이 살아온
오늘 하루를 피력해 본다

* 분대꾼 : 남을 괴롭게 하여 분란을 일으키는 사람

장마는 언제 올까

산등선 넘어가는 안개꽃
고향에서 보는 몇 년 만의 자연인가
어린 수목들은 품을 수 없을 만큼 자라서
오가는 산길마저 덮어버렸구나

외로운 두루미 한 마리
저수지 둑을 지키고
가뭄이 내 고향 흔적이라도 보여 주고 있지만
저수지 둑이 안 보여도 전답 흔적이 사라져도

봄비라도 흠뻑 내려 가뭄이 해소되어
광주 순천 여수 목포 안전한 식수원이 되는
주암호가 되었으면 하는 마음이다

자유로운 두루미 부리는
물속을 들랑날랑 먹이를 찾다가
누구를 찾는지 긴 목을 쭉 내민다

어디를 보는 걸까?
나를 보고 있을까?
내려가 볼까?
아니야 불장난은 꺼져 버렸어
두루미는 첫사랑 임이 될 수 없으니까

봄비

찾아오고 또 찾아와도
새로움이 묻어나는 고향 제청(提廳)
푸름이 지어있는 산골짜기 바라보니
고사리 취나물 채취하며
희열을 노래했던 그때를
봄비가 가져다준다

차창 밖으로 올려다보는 산천
빨갛게 흔적만 보이는 저 길
귀신이 출몰한다는 골짜기
무서움을 모르는 그때
밤길 걸었던 내 발자국 남아있을까?

행복이 어떤 것인지
사랑의 길조차 모르면서
눈길 피해 만나는 쾌감
주는 것도 받는 것도 없는데
무조건 좋았던 애송이와 나

나만이 간직하고 있는
수양버들 찾아 자주 올까
내 눈 속에 그 얼굴 그림 속에 떡인데
철없는 불장난이었지만 그때를 못 잊어
비 오는 수양버들 아래에서 능청맞게
앞산에 피어오르는 안개꽃만 쳐다보고 있다

얌체족

명소마다 설치된 재활용 그물망
눈앞에 적혀 있는 내 쓰레기는 가져갑시다
무시하고 버리는 얌체족

쌓이는 쓰레기 더미는
관광객 눈살을 찌푸리게 하고
즐거움이 한순간에 망가져 버리는
줄일 수 있는 쓰레기

버리는 야마리 줍는 봉사원
내가 버린 쓰레기 뒤따라오던
내 자녀가 보고 무엇을 배웠을까?

재활용 설치대는 무용지물인가
곁눈질 한 번에 버려진 쓰레기

자연을 사랑하고 지구를 살리려면
버리는 얌체족 없는
솔선수범하는 사회생활이 필요할 때이다

너 따라가고 싶다

아무도 없는 수당(水塘) 위에
외로이 앉아 있는 황새 한 마리

긴 목을 웅크리고
자는 걸까 우는 건가

움직이지 않는 저 황새
임 기다리다 지쳤나
가신 임 못 잊어 슬픔에 빠졌나

긴 목을 쭉 쳐들고
황새만의 세상을 둘러보다가
찾아오는 이 없는 저 황새
날갯짓하며 날아가는데

임 보고 날아갈까
괴로워서 날아갈까
사모하는 짝이 있어
찾아 가겠지 하면서도
황새를 불러 본다

황새야 네 세상 있다면
괴로운 내 세상하고
바꾸어 살아보면 어떠하겠니

고독한 이 순간
비 오는 이 산중 저수지 위에서
너를 부러워하며 너 따라가고 싶다

짝 잃은 원앙새

달님 속에 토끼야
달빛 타고 내려와
이 한밤 지새우는 암놈 원앙새 찾아가
용왕께 거짓말하듯
수놈 원앙새 기절했다고
암놈 원앙새 업고 올래?

뜨는 달 쳐다보면 그 자리가 생각나고
뜨는 해 바라보면 하루가 지루하단다

기다리다 상기되고 달려가고 싶은 마음
억제하고 있는 수놈 원앙새

손 내밀어도 붙잡는 이 없는
빈 둥지에서 토끼만 기다린단다

그림자

떠난 임 보고파서
잠 못 이루고 몸부림치며
사진 속 얼굴 보고 또 봐도
내 품에 안길 수 없다는 걸 안다

내 품 떠난 옛 임
사는 곳이 어디인지
그림자라도 스치고 지나간다면
붙잡아 보고 싶다

지금 하늘 아래 어디에서
누구 품에 메어 있을까?

눈물 흘린 일터

눈살 비비며 일어나
아내가 준비한 도시락 들고
일터라고 찾아온 두 평 남짓한 경비실

동 주변 청소로 시작하는 하루의 일과
재활용 정리 음식물 쓰레기통 씻기
택배 관리 온갖 신경이 쓰이는 아파트 경비

경비원 사소한 잘못은 파리 목숨이고
주민의 잘못은 주인이기 때문에 괜찮고
전후 사정은 묻지도 않고
무조건 경비원 잘못
잘못 없어도 잘못했다는 경비원 눈물
누가 월급 줘서 당신이 여기서 일하는데 하는 주민

경비원도 가정이 있고 자식 손주가 있는데
안녕하세요 따뜻이 인사하면
묵묵부답 쳐다만 보는 주민
무조건 던져 버리는 담배꽁초 쓰레기
버리면 줍는 경비원

따뜻하게 배려하는 고마운 주민
인간 이하의 머슴보다 못하게 취급하는 주민
하루에도 몇 번씩 끓어오르는 분노를 참는다

그만둘까 하다가도 잘못 살아온 내 삶을 탓하며
사랑과 천대가 공존해 있는 아파트
상부상조하는 경비원과 주민
서로 존중하며 배려하는 아름다운 일터가 되길
조심스럽게 소망해 본다

사랑이 별것 있나

씨앗을 심을 때 깊이 심듯
사랑도 심을 때 깊이 심어야 한다

심어 놓고 덮지 않으면
씨앗은 말라죽고
사랑은 신발 거꾸로 신는다

떠난 사랑 붙잡기는 어려워도
씨앗은 말라도
물만 주면 살아난다

사랑은 불시착 되어도
인연의 끈 동아줄이라면
앵두보다 석류알보다
더 빨갛게 익어가는 것이다

사랑이 별것 있나
잊었다 해도 꽃 본 나비 되면
장미꽃 되는 것이 사랑이다

그리움이 근심될까 두렵다

아침에 까치가 울면 반가운 손님 찾아오고
저녁에 우는 까치는 근심을 얻게 될 징조
딱따구리야 고개 넘어 우리 임 까치집 보일 때
딱딱 딱 골 파지 말아라
행여 우리 임 고개 넘다 줄행랑칠까 싶다

손수건 흔들며 가신 임 눈물 닦고 오실까
까치밥 달린 감나무 가지에 우체통 매달아 놓고
까치가 울기를 기다려 봐도 까악 소리 들리지 않는다

고개 넘어 임 돌부리에 넘어질까 봐
돌밭 길 쓸어 놨더니 오라는 임 안 오고
일개미들만 평탄한 길 분주하다

동분서주 집 안 청소해 놓고 정장 차림에
까치가 올 때를 기다려 봐도
해는 중천에 떠 있고 마음만 허공에 있다

저녁에 우는 까치는 근심을 가져다준다는데
우는 까치는 없어도
보고 싶어서 우는 슬픔 보내고
후회하는 아쉬움

까치야
저녁에는 내 곁에서 울지 말아다오
내 속에 있는 그리움이 근심될까 두렵다

허수아비 인생

아무도 없는 전답
외로이 서 있는 허수아비
비바람이 몰아쳐도
흔들림이 없는 들판의 지킴이

굳어진 팔에는 찢어진 저고리만 팔랑거리고
지나가는 나그네도 비웃지 않고
밥 한 숟가락 주는 이 없어도
불평불만 없이 낮이나 밤이나
눈물 없이 제자리를 지키는 바보

누구를 위해서
보듬어 주는 벗도 없고 길동무도 없는데
밤낮으로 희생하고 있을까?
내가 저 허수아비였다면
어머니께서 칭찬하셨을 텐데

수확기가 시작되면 생이 끝나는 허수아비는
주인장이 칭찬이나 할까?
뽑아서 불태워 버리면 제가 되는데
붙잡으려고 발버둥 치며 살아온 내 인생
허수아비 닮았다

정월 대보름

지금은 잊힌 정월 대보름
집집이 돌아가며 즐기던 농악놀이
온 마을 주민이 한마음 되어 뛰놀던
장구놀이 꽹과리 놀이 소고춤

달집을 태우며 시작되는 쥐불놀이
가요콩쿨 대회가 열리는 곳에는
마을에서 노래한다는 젊은이들
목청 다듬고 무대에 올라 실력 발휘하고
이 마을 저 마을 주먹 자랑이 벌어지며
총각과 처녀 짝사랑이 이루어지던 대보름 밤

부유한 가정 장독 위에 올려진
찰밥 시루에서 서리해다 먹고
막걸리 한 잔에 유행가 부르며
수건돌리기 박자 맞추기 떠들썩해도
그날 밤은 부모님께서 허락한 대보름 밤이었다

굴렁쇠 굴리며 팽이치기 제기차기 땅따먹기 줄넘기
당산나무에 새끼 줄로 그네 매달아 놓고
마을 처녀들 치마폭 날리며 그네 타다가
새끼 줄 끊어져 뒹구는 자태

길가에 버려진 나뭇가지도 장난감이 되었던 그 시절
온 동네 뒤집고 다녀도 웃음으로 넘겼던
추억어린 정월 대보름
지금은 흔적도 보기 어려운 옛 풍습이 그립다

꿈속에 어머니

어머니
어젯밤 꿈에 하얀 옷을 입으시고
방긋이 미소 지으시면서
험한 가시밭을 헤치며
뒤도 안 돌아보시고 걸어가시는 모습에
넘어질 듯하면서 달려갔습니다

잡힐 듯하면서 잡히지 않고
보름달이 산마루에 걸쳐 있는
조그만 초가집으로 들어가시는 걸 보고
눈이 떠졌습니다

달빛보다 더 하얀 얼굴
미소 짓는 입술은
생존해 계실 때 그 모습이었는데
왜 하얀 옷을 입고 초가집으로 들어가셨나요

달보다 더 높은 곳에 계신 어머니
그곳에도 해가 뜨고 달이 뜨고 초가집도 있나요
초가집은 우리가 살던 옛고향 집이고
가시밭은 생존해 계실 때 헤쳐 나오신 길 알려주시고
달은 지금 어머니 영혼의 삶을 보여주신 건지요

망월동 수많은 영혼 틈 사이에서
주무시고 계시는 어머니
꿈속에서도 이 불효자식이 보이시나요?
보이신다면 회초리 드시고
눈물 보이지 마세요
이 자식 가슴 찢어집니다

일등병과 아가씨

얼굴도 모르고 이름도 모르는 어여쁜 아가씨
비 오는 수원 거리에서 우산을 받쳐주고
어디를 가시는데 비를 맞고 가세요
“누구를 찾아가세요
친척 집이에요 애인이에요”
말꼬리를 이어가는데
씩씩하고 용기 있어야 할 대한민국 국군이
홍당무가 되어 버렸다

두 사람의 어깨는 빗물이 흐르고
한참을 걷다 보니 성곽이 보이는데
수원 산성이란다
비로소 거기에서 통성명이 오가고
각자의 주소를 알고 미래를 약속 했었다

군 생활에서 일주일에 한 번씩 오는 편지
즐거움이야말로 소대원의 호감을 다 받았다
훔쳐보는 동료가 있는가 하면
선임병들은 소개해 달라고 까지 하였다
나에게는 소중한 아가씨였는데
내무반에서는 머리 아픈 아가씨였다

군 생활에서 고마운 아가씨
지금은 어느 하늘 아래 할머니 되어 있겠지만
우산을 받쳐주던 상냥스러운 모습으로
비 오는 날 상면할 날을 손가락 꼽아 본다

빗방울에 내 죄가 씻긴다면

비 오는 날
어머니가 부엌에서 솥뚜껑에 부쳐주시던
누렇게 익은 부침개 빗속에 비친다

빗방울 속에 내 눈물 있다면
흘러간 빗물 따라
메마른 대지 적셔주고 싶다

빗방울 속에
어머니 앞에 지은 죄 씻을 수만 있다면
하늘에 계신 어머니 뵐 면목 있게
장대비가 쏟아지면 좋겠다

빗방울 속에
가신 임 못 잊는 긴 세월
떠내려 보낼 수만 있다면
소낙비가 내려주면 시원하겠다

빗방울 속에
내 마음에 있는 욕심 죄악 큰 강물 이루어
저 넓은 바다로 떠내려가 소금이 되고 싶다

작은 빗방울이 바다가 되듯이
작은 이 가슴에 저 빗방울이
태양이 되어 줄 수는 없을까?

어머니 생존해 계실 때

어머니 생존해 계실 때
지극정성 효도해야지
관속에 들어가실 때
땅치고 통곡하면 보기에 민망스럽지 않던가

어머니 땅에 묻힐 때 흙 한 삽 떠 넣고
자식 명품 옷 사 입히고
어머니 떨어진 삼베적삼 생각 안 나든가

자네는 고급 차에 맛있는 음식 가득 싣고
산으로 강으로 캠핑 다닐 때
뜨거운 태양 빛 아래서 김매기 하시고
김치 물에 찬밥 덩어리 물 말아 드시는 어머니
상상이라도 해 보았는가

내 자식 아프다 하면
어찌할 줄 모르고 119부터 부르면서
어머니 아프시다 연락받으면
많이 아프시면 병원 가 보세요
이 말이 고작 아니었던가

관속에 들어가실 때
명품 수위 입고 가셔도 어머니는 모르신다네
생존해 계실 때 못 드린 명품을
영혼에 입혀 드렸는가

자네나 나나 불효했던 죄 깊이 회개하고
영면하신 어머니 하늘나라에서 평안을 즐기고 계시니
어머니 따라갈 준비나 잘하세

가설극장

몇 년에 한 번 올까 말까 한 가설극장
며칠 전부터 담벼락에 포스터가 붙고
농촌 젊은이들의 마음을
흔들어 놓기 시작하는 포스터 그림

밤잠을 설치고 기다리던 그날이 오면
소달구지에 스피커 달고 동네마다 돌아다니면서
눈물 없이는 볼 수 없는 영화
미워도 다시 한번 어쩌고저쩌고 조잘대면
들녘에서 일하시던 부모님
바빠 죽겠는데 영화는 무슨 영화여 하시면서도
자녀 영화비용이 걱정되셨을 것이다

저녁이 되면 어디에서 몰려오는지
가설극장은 인산인해를 이루고
별별 꼴불견 같은 행동들이 눈살을 찌푸리게 한다

영화 상영이 시작되면 그 진풍경은 사라지고
눈 맞은 청춘남녀 제자리 찾아가고
딸 찾는 부모님 어찌할 바 모르시는데
개구멍 들어가다 붙잡혀 매 맞는 개구쟁이 찾으면
상황이 종료된다

흘러간 뉴스에
발전기는 두세 번 고장 나고
필름은 끊기고 또 끊겨도 제 자리를 지켰던 가설극장
먼 옛날 추억거리가 되었다

어머니의 손맛

창공을 날아다니는 새들도
소식 물고 올 수 없는 높은 곳에서
오늘도 어머니는 나의 삶을 보고 계시겠지요

영면하실 때 자리 지켜 드리지 못한 이 죄인
산 노을 질 때까지 치마끈 조이시며
자식 둘 위해 호밋자루 놓지 않으셨던
어머니 손 매듭이 눈에 선합니다

물 항아리 채워 놓고
마당에 널어놓으신 멍석 위에 나락 덮어 놨을 때
등 두드리시며 잘했다 하신 어머니

납부금을 준비하지 못하셔서
이른 아침부터 이웃집 대문을 출입하셨던
가엾은 어머니

술에 취한 내 모습 보시면서 어떻게 사셨습니까?
어머니 흘리신 눈물이 이 가슴을 적십니다

흙냄새 땀 냄새 풍기시며
차려 주신 밥상 위에 손맛
부엌데기* 손맛에 비교할 수 있을까요?

* 부엌데기 : 부엌일을 맡아 하는 여자

수양버들

손가락 걸며 맹세했던 수양버들
가지마다 달빛 따라 춤을 추며
애송이들의 속삭임에 귀를 기울였던 네가
내 품에 안길만큼 푸른 와가가 되었다

네 어릴 적 철없는 애송이 둘이 앉아
재잘재잘 쑥덕거릴 때 얼마나 비웃었니
지금의 너를 보니 잊히지 않았던 네 모습과 그 자리가
만석 지기 부자보다 부럽고 정답다

너울거리는 너의 가지에서 떠난 애송이 향기가 풍기고
보슬비 오는 밤이면 우산이 되어 주고
풋내나는 속삭임도 너 때문에 즐거웠고
그때는 행복이 무엇인지 몰랐지만
이 자리에서 너를 보고 있는 이 순간
지난 시간이 행복이었다는 것을 회상해 본다

수양버들아!
고마웠다
말없이 고통 없이 그 자리 지키며
울창한 그 자태 감추지 말고
고향 찾는 지인마다
애송이 소식 좀 전해주기를 바란다

바라만 보고 왔다

주암호에 잠겨버린 내 고향 저수지
35년 만에 그 모습을 들추어내고
저 푸른 물빛 밑에 내 고향 한실이 있다

가뭄이 가져온 옛정이 담긴 그 저수지가
그때 그 모습으로 내 가슴을 찢어 놓는다

이제 아주머니 살던 집터는
물결에 계단을 이루고
이랴 낄낄 쟁기질했던 논밭은
하얀 눈에 덮인 스키장 되었다

고향 땅 찾아왔는데 푸른 산천은 변함없고
물만 가득한 저수지가 눈망울을 적신다

알코올중독자 시인 되었다

쉼 없이 술로만 살아온 알코올중독자
들고는 못 가도 마시고는 간다는 술꾼

술 있는 곳이면 십 리 길도 멀다 하지 않고
찾아가는 술에 미친 자
술 있는 곳이면
밤에도 찾아가는 망월동 공원묘지

알코올중독자가 된 줄도 모르고
술만 먹는다고 애타는 어머니
바람 불면 날아가 버릴 것 같은 체구 곧 죽겠다 해도
술 소리만 들려도 잠자리에서 일어났던 술주정뱅이

이런 알코올중독자가 위대한 분을 만나
나도 모르게 술이 싫어졌고 단주(斷酒)를 했다

좋은 지인을 만나 시인이 되어
작품을 완성할 때마다 오는 쾌감
술은 나를 몰락시켰지만 내가 만난 지인은
술을 더 멀리할 수 있게 삶의 이정표가 되어 주고 있다

알코올중독자들이여
가족의 말을 천심으로 믿고
술친구 개 친구보다
높은 곳에 계신 분을 받아들이면
가정에 평안과 행복이 찾아온다는 것을
꼭 전해드리고 싶다

천렵(川獵)

앞에는 모후산
뒤에는 조계산
한복판에는 보성강 물줄기가 흐르고
은어 떼가 버들잎 타고 올라오는
1급수인 보성강 물

꺽지 피라미 쏘가리 천렵해서
매운탕을 끓여 먹던 그 다리 밑 자갈밭

오가는 술잔 속에 회포를 풀고
농촌의 고단한 하루를 잠시라도 망각하고
동심협력하여 즐기던 그 냇가

빨래하던 동네 아낙들 앞다퉈 달려와
함께 했던 그 장소
영원히 자취를 감추게 해 버린
주암호가 자랑스러우면서도
세월 지날수록 염오(厭惡)하여 진다

고사리가 웃는다

비 오는 다음 날
이른 새벽 골 망태 하나 매고
고사리 취나물 채취하려 사립문을 나서는 청개구리

귓전에 들리는 어머니 말씀
시키는 일은 안 하면서
산에는 누가 있어서 안 시켜도 잘도 간다
섭섭한 말씀을 뒤로 하고

앞산 등성이 넘어 이 골짜기 저 골짜기
사랑 임 숨어 있나 토끼처럼 헤매보고
가시밭 사이사이 토끼 눈을 뜨고 보아도
고사리 취나물은 나를 비웃기라도 하듯 숨어 버린다

어느덧 해는 중천에 떠 있고
골 망태는 배고프다 찡얼대고
돌아오는 산길에 쓰러져 있는 소나무를 보니
빈손으로 돌아가는 내 모습을 보는 것 같았다

봄 편지

활짝 웃는 내 맵시가
봄을 타고 임을 찾는데

네 마음에 내가 있다면
저 꽃이 만개하기 전
꽃나비 되어
네 향기 찾으러 갈 거다

향기 품은 집배원
내 집 앞 지날 때마다
상사화가 되어 버린
임을 찾는 가르친 사위*

서산마루 넘는 달도
임을 품고 기우는데
네 가슴에 내가 없다면
조용히 불러보는 임이 되리라

* 가르친 사위 : 남이 시키는 대로만 하는 어리석은 사람의 별명

깊은 사랑

바라볼수록 아름다운 꽃
어머니 떨어진 고무신만 못하고
재물이 태산 같아도
어머니 마음의 사랑보다 작으며

내 고생 힘들다 해도
어머니 일생에 맞대립할 수 있을까?

반빗간*에서 어머니 정성은
임금님 수라상보다 더 진수성찬이었고
부부의 사랑이 깊다 한들
어머니 자식 사랑보다 더할까?

내 자식 사랑한 것을
어머니 치마폭에 비교할 수 있을까?

형제간에 정이 두텁다고 하여도
밥상 앞에 어머니 손맛보다 진할까?
헤어진 옷 꿰매 입으시고 키워온 자식들
밥 굶길까 봐 허기진 배 참아가며
비지땀 흘리시고 김매기 하신 어머니

그 깊으신 사랑
갚을 길 없는 후회와 뉘우침
때는 늦으리 유행가 가사가 정답인 것 같다

* 반빗간 : 집에서 반찬을 만드는 곳

별천지

이경(異境)도 십 년이면
고향이라 하는데
떠나온 지 수십 년

그리움 속에 깊이 박혀 있는
보성강 물줄기가 흐르고
모후산이 내려다보고 있는
별천지 같은 내 고향

봄이면 쑥버무리
새싹 보리잎 떡
여름에는 미역 감는 철부지들
가을에는 황금 들녘
겨울에는 사랑방에서 즐기던 화투 놀이

마음껏 청춘을 즐기며
내일을 꿈꾸어 왔던
내 고향 한실이여
주암호 물속에서라도
내 터전 영원히 지켜다오

꽃바람이여

가랑비가 내리는 날이면
적막과 고독이 교차하는 감정
소낙비라도 한 줄 금
세차게 쏟아져 준다면
뻥 뚫릴 것 같은 심사

낙숫물 소리도 가냘프게 들려오는
가랑비를 핑계 삼아 연가를 흥얼거리며
둘이 거닐던 추억의 자갈길

철없는 사랑
무조건 만남이 좋았던 꽃바람이여
가랑비 오는 그 밤
우산도 없이 걸었던 제방 길

지금은 주암호에 잠겨 있지만
청춘기가 피어오르던 그 제방
앞날에 약속도 없이 좋았던 만남
밤마다 어떤 언약이 있었길래
가랑비만 내리면 사모함이 더욱 그립다

누님 얼굴

누나야
나 태어나서 누나 등에 업고 키웠다는
어머니 말씀이 생생한데
누나는 내 곁에 없고
나와 똑 닮았다는 누님 얼굴 눈앞에 선한데
어쩌다가 젊은 나이에 팔 남매 자식들 남기고
하늘나라로 가셨습니까?

미나리 보따리 머리에 이고
오일 시장에서 장사 하시며
논으로 밭으로 동분서주하시면서
많은 자식 남부럽지 않게 키워 놓고
혼자 계신 친정어머니
미나리 한 묶음 오징어 몇 마리 지인을 통해 보내주신
인정 많고 사랑 많은 하나뿐인 누나

누님이 낳아 놓은 조카들
외삼촌인 내가 마음에 위안이 되고
행복할 때가 많이 있습니다
영원한 곳에 계시는 누님
살아계실 적 고생도 많이 하셨지만
이제는 자식들 행복하게 사는 모습만 보시고
그 나라에서 평안하게 지내십시오.

노부부의 토요일

노부부가 기다리는 토요일
일주일에 한 번씩
기쁨을 안고 오는 손주들이 오는 날이다

할머니는 아침부터 간식거리 준비하면서
첫째는 과자를 좋아하고
둘째는 과일을 좋아한다면서
동분서주 준비해 놓고
초인종 울리기만 기다리고 있다

사람을 기다린다는 것이 얼마나 지루한데
점심때가 되어서야 현관문이 열렸다
반가워서 안아보기도 전에 찾는 건
첫째는 할아버지 휴대전화기
둘째는 할머니 휴대전화기
노부부의 사랑은 뒷전이고
무엇을 찾는지 손놀림이 바빠진 손주들

할아버지 할머니는
그러한 손주들도 사랑스러워서
보고만 있어도 흐뭇한데
장모님 댁에 가봐야 한다면서
현관문을 나가는 생출

할아버지 할머니
다음 토요일에 또 올게요 하는 손주들
하룻저녁 지내고 가면 얼마나 좋을까?

진실한 지인

목마른 사슴 옹달샘 찾아 헤매듯
술만 찾아 헤매던 알코올중독자가
문학인이 되었다
누구도 믿지 않는 현실이다

하루도 술 없이 살 수 없었던 술꾼이
지금 시를 쓰고 있다

가정 파괴범
지인과의 관계를 두절시켜 버린 독약
술친구는 개 친구라고 죽자 살자 했던 술꾼들
찾는 자가 누가 있는가?

날아가는 새도 불러
술을 마셨던 술주정뱅이가 단주한 지 십여 년
변한 것이 너무 많다

지인의 인도로 문학에 등단하게 되었고
시를 쓰면서 오는 마음의 평안함
시어를 구상할 때마다 오는 쾌감

삶이 무엇이고
행복이 어디에서 오는지
깨닫게 해 준
이러한 지인이 진실한 친구 아닐까?

꽃길인 줄 알았는데

참삶의 시간 속에서
한고비 넘기고 나면 평안할 줄 알았는데
기다리고 있었다는 듯 찾아온 또 한고비

인생 고뇌 넘어가면
내 앞에 놓여 있는 징검다리 고비 건너가면
꽃길인 줄 알았는데
살아온 세월보다
남은 내 생사가 절벽 중간에 있다

회오리바람 같은 고비
거북이걸음 같은 고개
실낱같은 희망 품고 눈물 삼키며 지켜온 생애

이 고개 저 고비 넘다 보니
검은 머리 파뿌리 되고
겉 모습은 노야(老爺) 되었지만
청춘기로 돌아가고 싶다

제목 : 꽃길인 줄 알았는데
시낭송 : 박영애
스마트폰으로 QR 코드를 스캔하면
시낭송을 감상할 수 있습니다

어머니와 호미 자루

소쿠리에 호미 담아
찢어진 검정 고무신 신고
사리 분별할 줄 모르는 철부지에게
재앙 부리지 말고 놀아라 하시면서
사립문을 나가시던 어머니

뜨거운 햇볕 삼베 적삼에 가리고
머리에는 구멍 뚫린 수건 쓰시고
삼복더위 호밋자루 벗 삼아
고구마 줄기 이리저리 헤치며
밭고랑을 줄타기 하신 어머니

집에 오시면 몸에 밴 땀 냄새 흙냄새
맡을수록 어머니 향기가 풍겨 나오는
나만이 느껴보는 어머니 냄새

흙냄새 땀 냄새가 좋아 어머니 젖가슴을 만지던
막둥이가 살아계실 적 성찰하지 못하고
흙을 사랑하신 어머니 마음을 이제야 알 것 같습니다

아들 둘 천덕꾸러기 될까 봐
공부시키려고 낮에는 호밋자루
밤에는 늦도록 길쌈 메신 어머니
그곳에는 호밋자루도 길쌈도 없어 행복하시지요

제목 : 어머니와 호미 자루
시낭송 : 박영애
스마트폰으로 QR 코드를 스캔하
시낭송을 감상할 수 있습니다

깨울 방법이 없네요

어머니 왜 대답이 없으십니까
내 곁에 계시면서 안 보이십니까

금방이라도 품어 주실 것만 같은 생전 모습이
내 눈 속에 주마등처럼 그려지고 있는데
깊은 잠에 취해 날 밝은 줄 모르시고
자식이 앞에 있어도 묵묵부답하신 어머니

묘비에 새겨진 이름 석 자
만져만 보아도 살아나실 것만 같은
애절하고 간절한 심사

어머니를 효성스럽게 섬기지 못한
천하제일의 불효자식
인제 와서 무덤 붙잡고 회개한다고
흙 되신 어머니가 용서하시겠습니까
자식 낳아 키워봐야 부모 마음 안다고 하신 어머니

계신 곳이 이 세상이라면
내 인생 가시밭길 지나
꽃길 걷고 있다고 자랑하고 싶은데
주무시는 어머니 깨우실 방법이 없네요

제목 : 깨울 방법이 없네요
시낭송 : 박영애
스마트폰으로 QR 코드를 스캔하면
시낭송을 감상할 수 있습니다

초련(初戀)은 잊을 수 없더라

이목구비가 뛰어나서 붙잡는 것 아니었는데
에스라인이라고 점찍는 것도 없었는데
어느 날 보니 고목 밑이었다

누가 먼저인지 모르게 맞잡은 두 손
담쟁이넝쿨 담 넘듯 열애가 시작되는 순간
마주치는 눈빛 속에서 서로의 체온을 느껴보았다

전율 속에 맞닿은 입술 상상할 수 없는 쾌감
잊으려 해도 잊을 수 없는 그 자리 고목 밑 잔디밭

수많은 사연 남긴 추억들
사랑에 불장난 될 줄 알았다면
애당초 손잡지 말 것을
이렇게 오랜 세월 동안
내 가슴에 자리하고 있을 줄 알았다면
인연의 끈을 함(函) 속에 넣어 보내줄 걸
거머리같이 달라붙으며 한밤을 고적하게 한다

이만하면 족하지 않소

내 걸음 바빠져도 당신 걸음 바빠지면
내 눈물방울 보이니
쉬어가며 천천히 갑시다

이제 우리 둘 앞에 환희만 있을 뿐
청미래덩굴 가시밭길은 걸어가지 맙시다

비틀거리는 임자 모습 내 탓인 줄 알지만
인제 그만 붙잡고 무사안일하게 지냅시다

느릿느릿 가는 인생이나
재물 앞에 붙잡힌 인생이나
백지 한 장 차이인데 이만하면 족하지 않소

한 걸음 앞에 가나 뒤에 가나
하루 밥 세 끼
남에게 손 벌리지 않는 지금을
최고의 축복으로 심만의족합시다

오늘이 있어 행복하다

재벌가의 웅장한 건축물도
권세를 부리는 정치인들도
부러워할 것 없이 세워진 우리 가정

오늘이 있어 행복하고
가족이 있어 즐거움이 넘치는
암탉이 병아리 품어 주듯
포근한 보금자리

서로의 얼굴을 바라보면서
몽상과 망상을 버리고
지금, 이 시간 만족함으로
붙잡을 수 없는 것 내려놓고
오늘 하루 주신 것 감사하면서
욕심 없이 살아가는 가장이지만
항상 내 편이 되어 주는 나의 동반자

평범한 것이 소중한 줄 깨닫고
언제나 소박(素朴)하게
오늘을 꽃 피우면
행복한 삶을 살아갈 수 있다

바람아

지나간 세월에 남남이 되었는데
한잠도 못 자면서 그리워하고 있을까?

흔들리는 창호 소리에
행여 떠난 임 찾아왔나?

창문 발 올려보니
지나간 광풍이었네

바람아 되돌아올 거라면
내 옛 임 향기라도
한 아름 내 품에 안겨다오

나도 될 수 있다

공중 나는 새도 보금자리가 있고
산짐승들도 몸 둘 곳이 있는데
차가운 지하철 정거장
신문지 몇 장에 몸을 의지하고
잠을 청하는 노숙인

어쩌다가 나그네가 되었는지
사연이야 많겠지만
노숙자에게도 가정이 있고
자녀가 있을 텐데 찾아가지 못하고

밥 한 끼 제대로 먹지 못하는
떠돌이 인생을 살고 있을까
한 때는 남부럽지 않게
금수저 가정 이루고 살았을 텐데
추하게 앉아 있는 그 앞에 소주병 하나

벗도 없이 날마다 반복되는 생활
지나가는 사람 눈총을 받아도
개과천선할 마음은 어디로 가고
그리운 가족도 잃어버렸는지 허기진 배 움켜쥔다

차가운 타일 바닥 위에서 신문지 이불 삼아
하루의 피로를 풀어 보지만
노숙자 마음속에 행복했던 가정이 얼마나 그리울까?

꽃피는 날 있으리라

나에게 주어진 하루
무엇을 했을까
세월 따라가고 있었을 뿐
허수아비 같은 텅 빈 날

빈 수레가 요란하듯이
머릿속만 깨어질 것 같은
터질 듯하면서도 터지지 않는 시어

사랑하는 임이라면 품을 수도 있는데
가까이 있으면서도
내게 오지 않는 그 많은 글귀

시를 짓고 흥취를 느껴도 부족할 텐데
떠오른 해답은 없고
지혜와 명철을 주신 그분께
매달려 볼 수밖에 없다

구하라 구할 것이요
찾으라 찾을 것이요 하셨으니
한번 잡은 끈 놓지 않고
천번 만번 짓다 보면
그분이 원하시는 시인되어
꽃피는 날 있을 것이다

어머니와 허수아비

오리 길 가다 보면
산비탈 아래 작은 밭뙈기
날아가는 새도 산짐승도 구별할 줄 모르는
어머니가 세워 놓은 허수아비

김매기 가실 때마다
손주 보살피듯 벗겨진 저고리를
새로이 입히고 기울어진 자세를
바로잡아 세워주고 오신 어머니

앞도 못 보고 말도 못 하는
속없는 허수아비지만
어머니 마음에 밭작물을 지켜주는
버팀목이 되었을 것이다

보잘것없이 세워진 꼭두각시 같지만
청개구리였던 나보다
몇백 배 봉사해 준 허수아비
어머니 계신 그곳에도 세워져 있을까?

제목 : 어머니와 허수아비
시낭송 : 박영애
스마트폰으로 QR 코드를 스캔하면
시낭송을 감상할 수 있습니다

하늘이여 보시옵소서

유수 같은 세월 살아온 내 삶
그려보아도 철새가 되어 있는
그 자리에서 피할 수 없어
붙잡힌 것이 아닌 가장이라서
공든 탑이 무너지랴 지켜온 내 가정

탐욕 가득하고 사랑은 잠재해 있는
분별력 없는 탐심 때문에 썩어가는 줄 알면서
재앙이 닥쳐도 뉘우칠 줄 몰랐다

이제부터 심중에 남아 있는 저주를 내려놓고
지혜와 명철을 주신 그분께
참회하고 선택받은 자로
세움 받아 그분이 원하시는 길 찾아간다

곪을 대로 곪은
옛것을 드러내고 온유한 사랑 나누며
낮은 곳에서 아무도 모르게
선을 행하는 하늘이 되고 싶다

장가 좀 가거라

현실 속에서 헤어나지 못할 아무런 조건도 없는데
노심초사 장가 못 간 생출 때문에
공간만 맴돌다 "괭이잠"* 자고 나면
새날은 변함없이 일터로 몰아낸다

일할 수 있다는 것 진보되는 것은 없지만
방안퉁수 되지 않고 육신은 곤두박질해도
쌓인 몽상 비워 버릴 수 있는 나만의 작은 공간에서
유치원 가는 어린아이들
아장아장 걸어오는 모습 보고 있으면
결혼 못 한 소생 엄지머리총각 되어가고 있어도
손주 보고 싶어 애타는 부모 마음 헤아리고 있을까?

이웃집 손주 울음소리만 들려도 손주 바보 되어 주고 싶은
쌍친(雙親) 가슴에 언제나 안겨 줄까?

* 괭이잠 : 푹 자지 못하고 자주 깨면서 자는 잠

부르실 때 같이 가세

걸음마다 다가오는 짧아진 인생길
보이지는 않지만 소중하지도 않은
풍전등화 앞에
금방이라도 사라질 것 같은
불귀(不歸)한 생각

천국 길도
지옥 길도
내 뜻이 아닌 그분 뜻인데

무엇을 더 붙잡으려고
빈손으로 왔다가 빈손으로 가는 게
삶의 끝인데

주신 대로 감사하고
부부 동체 되어 부르실 때 같이 가세

선심 있는 이웃사촌 되어 보자

꽹과리도 두들겨야 요란하듯이
천 년 지기 지인도
사랑하는 내 아내도
입은 모두가 하나인데

낭설은 하나에서 둘 되고 둘이 셋 되어
태산같이 부풀려지고
유언비어는 정거장 없이
쉬지 않고 질주한다

주워 담을 수도 없는
공설 때문에 행복한 가정
편안한 날 없이 쉬쉬하며 살지만
어떻게 낭설을 풀고 화합할 수 있을까?

전달해야 할 말이 있고 묵언해야 할 말이
구별되어 있어도 주둥이 놀리다
이웃의 입장은 망각하고
남에 말하기 쉽다고 지지대는 입

뜬소문 찾아와 내 이웃의 가정에
불행이 닥치면 그 가정 문제일까
입방아 찧는 그 입이 방정이지
누구의 탓으로 돌리겠는가?

내 이웃을 소중히 생각하고
더불어 오가는 식변 속에
허담(虛談) 없는 진실하게 전달되는
선심 있는 이웃사촌 되어 보자

심어놓고 거두자

허공에 맴도는 공허한 공간에
찾아오는 이 없는 근무지에서

두뇌는 유출한 게 없는데
시적 조사법도 모르면서
서투른 솜씨에 작품 구상한다고

머리에 없는 것 쥐어짜 보지만
시어는 잠적하고 마음은 거지중천에 떠 있다

내 학문은 이별 열차 탔는지 돌아올 줄 모르고
뚜렷한 구별 없이 공상에 사로잡혀
갈피를 못 잡는다

초심을 잃지 말자 해도
내 과오 때문에 붙잡혀 있는 현실

피어날 수 없다면 심지나 말지
심어놓고 시들어 버리면
그 누구가 나를 보겠는가?

늙은 호박

가을 문턱에서 당신 손 꼭 잡고
앙가슴 한복판의 사랑에 씨앗 심으려고
벌렁거리는 심장 멈출세라
꼭 껴안고 싹이 트기 시작한 열애

사랑한다 말도 없이 자연스럽게 이루어진
꽃망울같이 자랑스러운 처자
누가 먼저 구애를 했는지도 모르는 사이에
옹달샘 물줄기 솟아오르듯 꽃봉오리는 피어오른다

씨앗이 떨어져 꽃 가정을 이루고
경애하는 마음으로 공경하는 자세로
사랑 다툼을 모르고 애정으로 꽃밭 만들어
인생의 맛을 느껴가는 늙은 호박 되었다

내가 죄인이었소

당신 만나 지나온 세월 행복하고 즐거웠지만
임자의 그림자 속에 감춰진 가시밭은
내 시야에서 지워지지 않고 하루하루 변해가는 모습에서
종합 병원이 되어가는 임의 몸에
다리가 되어 주지 못한 남편

잘해 줘야지 하면서도 게으름에 붙잡혀
움직이기 싫어서 마사지 한번 해주면
손가락 부러질까 봐 아픈 다리 붙잡고
이리 주무르고 저리 주무르고 하는 것을 보면서도
나 몰라라 텔레비전만 몰두하고 있을 때
내 아내 마음 어떠했을까?

사랑하고 고마운 줄 알면
등에 업고 밥상 차려 순종해야지
마음으로만 품고 실행이 없으면
허수아비보다 못하지
이른 새벽 남편 출근한다고 아픈 몸 견디며
도시락 챙겨주고 엉덩이 토닥토닥 두들기며
조심해서 다녀오라고 한 그 말이
진실한 사랑 아닌가

내 아내 마음 절반만 나에게 있다면
이렇게 무심하지 않을 텐데
한다고 하는데도 부족함이 너무 많아
미안할 때가 있어도 눈감아주고
모른 척 지나가 버린 색시 마음속에
천사가 몇 분이나 계실까?
진실한 지인의 마음을 알려면
하루 길을 같이 걸어보라는 말이 실감 난다

수십 년 잠자리를 같이한
내 아내 마음을 헤아리지 못하고
차려준 밥상만 받고 되돌려 준 것이 무엇이 있는가?
지금껏 가슴에 피멍 맺혀 놓았으면
지금이라도 풀어주는 사내대장부다운 실천과 행동을
보여 줄 때가 되었다

행복한 눈물 흘릴 수 있도록 나 자신을 낮추고
어떠한 역경 속에서도
가정에 평안이 선두가 될 수 있도록
생각으로 매듭짓지 않는 가장 되어
가시밭에 심어져 있는 천하일색 내 동반자
천상 위에 올려놓는 주춧돌이 되고 싶다

따뜻한 말 한마디

잔잔한 호수에 돌멩이 하나 던지면
풍덩 하는 그 자리만 아플까?
적수(積水) 전체가 아플까?

물결은 펴지고 펴져서 언덕까지 다다라
아무런 고통 없이 제 모습 찾아
누구의 탓도 묻지 않고 침묵 속에 그대로인데

작은 가슴에 피멍은 지워질 줄 모르고
시간이 지나갈수록 뉘우침은 사라지고
살아온 길만 한탄한들 무엇하겠는가?

사소한 말 한마디 무심코 던진 구절 속에
대못박이 되어 부서진 심정 안고 가는 지금
고뇌하며 서러움에 사는 하루가 행복할 수 있겠는가?

노을 속에 내 마음 묻고 해님 따라가면
까맣게 어두운 곳에서 썩어가는 이 마음 불태우고
아침 햇살 되어 광명하게 비춰주는 햇발 되게 하여 주실까?

상대의 마음을 울리지 않는 따뜻한 여운을 남기고
미흡한 자에게 새싹이 돋아날 수 있게 씨앗을 심어주는
온정이 넘치는 계묘년 되기를 기원해 본다

천사가 되어 보자

철새는 떠나가도 제철 되면 돌아오는데
지나간 365일 허무함만 남긴다

붙잡고 싶은 것 하나도 없는데
내 나이 숫자만 늘려놓고
지나간 세월

또다시 시작되는 계묘년 토끼해
갈피를 못 잡고
한 해를 맞이한다

시간을 되돌릴 수만 있다면
살아온 삶을 지워버리고
새로 태어나
저 높은 곳에 계신 분께

악하고 부정한 일들
진심으로 회개하고
천신 같은 아름다운 마음으로
내 이웃을 섬기는 천사가 되고 싶다

있을 때 잘해줘야지

있을 때 잘해 노랫말이 있듯이
낮이나 밤이나 한 몸 되어
험한 궂은일 이겨내고

아들딸 뒷바라지
돈 한 푼 손에 쥐면 어디다 쓸 줄 몰라
이리 감추고 저리 감추고

가정 안에 가장
사랑한 사람 옆에 두고
잘해주지 못한 여자의 마음
거울로 비춰 보았으면

있을 때 잘해주고 싶었지만
시어머니 시누이 눈살 때문에
이 눈치 저 눈치 살피다
망태 사랑이 되고 보니

생출들은 부모 은공 모르고
늙은 영감 할멈 밥상 앞에 앉아
갈치 한 도막 구워 놓고
당신 반 도막 임자 반 도막

살아온 푸념하면서 젓가락이 오고 갈 때
소중한 내 사람 있을 때 잘해줘야지

기쁨과 외로움

어린 시절 손꼽아 기다리던 설날
꼬까옷 머리 위에 놓고 오는 잠 설쳐대며
어머니 가래떡 칼질하는 옆에서
날이 밝기만을 기다리는 섣달그믐날 밤

보릿고개 지나오면서도 가절(佳節)만큼은
성대하게 차례를 지내셨던 선조분이 있으셨기에
맥이 끊어지지 않고 내려온 전통

민속 설 갈 곳도 없고 찾아올 사람도 없는
명절이 되어 버린 쓸쓸한 세시(歲時)
부모 형제 상봉하러 고향 찾지 못한
애절한 이 심정 작품 구상하면서
명절 외로움 내려놓고 만사태평 기다려 보자

망향각공원* 발걸음 해 봤자 사진 속에 옛 고향
마음만 더 고뇌하고 묵언 속에 묻고 지나가자

* 망향각공원 : 전남 순천시 송광면 봉산리 산157-3

태양이 되어 보자

수많은 날이 나에게 있었지만
하루 한 시간도 내 마음속에 들보는
내려놓지 못하고 재물만 주워 담으려고
내 이웃은 생각하지도 않았다

내 호주머니에 있는 것 꺼낼 줄 모르고
내 눈에 보이는 사심 때문에
벗들과의 관계는 멀어져 버리고
독불장군 되어 가정에서도 대접받지 못한 왕따

베풀 줄 알아야 인덕이 있고
마음에 기쁨이 넘치는 것을 알면서
꺼내려면 아깝고 손이 펴지지 않는 것은
가진 것보다 더 많이 가지려고 하는 욕심

심욕이 많아지면 사망이 가까워지고
나누고 베풀고 사랑하면 존중받는 것을
실천하지 못하고 죄와 함께 사는 죄인
남의 눈에 하는 척만 하고 높아지려고만 하는 행동

내 중심에 꼭 계셔야 할 분이 계신다면
헛눈 팔지 않고 야욕도 없이
그분이 원하시는 네 이웃을 내 몸같이 사랑하라 하신
그 말씀대로 살아왔다면 이 글을 쓰고 있지 않을 텐데

내 것은 아깝고 대접만 받고자 하는 심보
겉으로 드러나지 아니한 알짜 이익만 챙기는 사람 되지 말고
건강 지켜주실 때 나누고 품어주며 사랑 전하는
동해에 떠오르는 태양이 되어 보자

내 허물 좀 보세요

가슴만 차가워지는 이 밤에
외로이 묵상에 잠겨 써 내려간
보잘것없는 글이 될지라도
무거운 마음 안고 집필하고 싶다

누가 뭐라 해도 좋다
졸작이라고 해도 좋다
내 마음 안에서 뛰어나오지 못한
회포를 마음껏 풀어 보고 싶다

누구에게도 보호받지 못하고
말 한마디 크게 하지 못하며
살아온 지금 내 현실이
참담하기보다는 비참하다

짧은 가방끈에 발등 찍고 싶고
부모 말씀 거역해서 후회하고
술독에 빠져 가정 잃고
두 딸마저 내 곁을 떠났다

망나니 중에 상 망나니
고철로도 사용하지 못할 이 육신
어디다 쓸까 버리지도 못하고
붙잡고 있는 한 사람 나의 동반자

사랑으로 품어주고
애정으로 녹여주는
금보다 귀한 내 아내
안고 갈까 업고 갈까?

발바리 출세했네

가장이 되어 버린 복덩이 애완견
어리광 부려도 가면 가는 대로
다리 아프면 안아주고
앞좌석에 앉혀 놓고
아름다운 강산 눈요기 다 시켜준다

추울까 봐 애견 의상에 덧버선까지 치장하고
2평 남짓 좁은 경비실
근무자보다 대접받는 애완견

퇴근길 아내보다도
먼저 달려와 반겨주는 재롱둥이
하루의 스트레스를 풀어주는 귀염둥이

아무리 예쁘고 귀엽다 해도
사랑하는 만큼
내 이웃과 행인들 마음에
발바리의 좋은 이미지를 심어주는 배려가 있어야겠다

손녀

달덩이같이 고운 얼굴에 미소 짓는 입
동그란 눈 속에서 반짝이는 눈동자

안으면 깨질 것 같고
업으면 얼굴이 안 보이고
눕혀 놓으면 방실대며 손놀림하던 손녀

무릎에 앉혀 놓고
재롱 받아 주던 때가 어제 같은데
고등학교 입학을 한다고
수줍어서 말 못 하고
전화 한 통화 없는 손녀지만
부모 마음에 걱정 없이
학업에 열중하고 있는 여손

대견스럽기보다는 존중하고 싶은 손녀딸에게
할아버지가 박수를 보낸다
고 1학년 사춘기에 접한 때이지만
보민이 가슴안에 사랑이 가득 채워져 있으면

좋은 친구 선생님 만나 한 송이 꽃이 되어
날갯짓하는 나비처럼 아름다운 모습 보이면
저 높은 곳에 계신 분이 학교생활의 모든 것을
책임지며 지켜주시고 높여 주실 것을 믿어라 보민아

마음을 열어놓고

살고 있다는 것 누구를 위함인가
부족한 점 채워가면서
무거운 건 내려놓고

일용할 양식 채워주심에 감사하고
맺어준 인연 기뻐하며
두드리면 열어주시고
찾으면 찾아 주실 텐데

잃어버린 것이 너무 많아
뼈아픈 상처 있어도
바위 밑에 묻지 못하고
저 높은 하늘만 쳐다본다

잠 못 이루고 지난 과거 돌이켜 봐도
망상일 뿐 돌아오지 않고
그전에 마음에 쌓아져 왔던 잘못
생각할수록 늘어나고

새로운 미래는 멈춰버리고
가슴속에 응어리는 풀리지 않고
들끓어 오르는 시름 때문에
괭이잠*도 못 자고 가슴만 친다

인생살이 끝은 언제 올까
여객선 타고 올까 비행기로 올까
관심 속에 기다리다 이 몸만 늙고
갈 곳은 있어도 부를 날을 모르겠구나

* 괭이잠 : 푹 자지 못하고 자주 깨면서 자는 잠

내려놓고 용서하자

세월 가도 변하지 않는 것이
내 마음일까?
자존심일까?

내려놓는다고 하면서도
버리지 못하고 붙잡고 있는 것은
추억 속에 아름다움이 아니라
과거 속에 잘못된 삶

후회하고 가슴 졸이지만
돌아올 수 없는 빈껍데기

용서하고 살아야지 하면서도
그렇게 살 수 없는 것이
인간의 한계를 벗어난
완벽하지 못한 내 탓이다

쉬었다 가자

세월아 잠깐만
줄행랑치는 이유가 무엇 때문인지
네 마음 모르겠구나

한 번이라도
휴식 시간 가질 만도 한데
지칠 줄 모르고
전진하다 정차하면 출발할 수가 없니
바쁘지도 않은데 쉬었다 가자

가다가 아파서 죽음에 이르면
세월도 재물도 무용지물인데
바빠질 게 없잖니

천천히 쌓아가도
부족함 없이 만사태평 누릴 텐데

시곗바늘

세월이 시곗바늘을 돌릴까?
시곗바늘이 세월을 돌릴까?
광음은 돌아가는 것도 보이지 않는데
교체 선수도 없이 초침은 달음질하고

잡아놓으면 제자리 꿈도 희망도 없는
한자리 숫자가 되어 버리고
돌아가는 초바늘 따라가다
바짓가랑이 찢어질까 봐

분침을 바라보니
마음에 안정감이 자리한다
바쁘지도 않고 게으르지도 않은 각 침
나에게 오늘의 생활을 비추어 준다

서두르지 말고 깊이 생각하여 판단하라는
장침의 가르침이 내 가슴속 무거운 짐과
허물을 지워 버리고 악한 마음으로 시작한
하루의 일과를 용서하고 포옹으로 바꾸어 주었다

시침이 밑에서 쳐다보고 빠른 길 찾아가다
뒤따라오는 재물도 놓쳐버린다고
인생살이 너나 나나 다 똑같은데
쉬엄쉬엄 걸어가도 하루 밥 세 끼

근심 걱정 소침에 매달고
하늘이 주시는 대로 감사하며
감나무 홍시 입에 떨어지기 기다리는 자 되지 말고
단침처럼 느긋이 살라 한다

돌아올 수 있다면

모후산 산맥 따라 세워진
아늑하고 포근한 마을
절세미인 말괄량이 숙녀가
내 가슴속에 숨어 있다

밤이슬 맞으며 키워온 우리 사랑
건들면 터질세라 애지중지
큰 뜻을 세우고 지워가면서
애정이 깊어져 가고 있을 때

붙잡을 수 있었지만
붙잡지 못하고 떠난 후에
사모하고 그리워한들
돌아오지 못할 그 시절

결혼하던 날 아름다운 너의 모습
지금도 잊히지 않고 품고 있는데
시집간 너의 뒷모습 바라보고 있을
내 감정 헤아려 보았니

고목 지나 친정집 오갈 때
내 이름 망각하고 지나다녔니
가슴에 머물다 간 그 이름
내 마음 밭에 심어놓고

하늘 아래 어디에서
달콤했던 추억 날려 보내고
행복에 넘친 만사태평 즐기며 살고 있겠지!

무작정

달려가면 사라지고 잡으려면 숨어버리는
숨바꼭질하면서 물레방아 돌듯이
어디로 가는지도 모른 채
강물 따라 흘러가 버린 허무한 마음

쌓일 듯하면서도 허물어지는 재물들
공상에 그리며
꿈에서나 만져볼까?

빈 물레만 돌아가는 기약 없는 흐름 속에
실속 없이 겉만 화려하게 무작정 살아왔다

배려도 나눔도 없는 올무 안에 갇혀
인색하게 독불장군 되어 있다

아내의 빈자리

아내가 입원한 지 십여 일이 지났다
현관문을 들어서면 있어야 할 사람은 없고
출근할 때 정리 못한 침상이며 옷가지들이
내 손을 기다리고 있다

아침밥을 지으려고 병상에 있는 아내에게 물어보았다
물 조절할 줄 몰라 임이 가르쳐 준 대로 했더니
죽밥이 되어 버리고
빨래하고 청소하고 가정일은 끝이 없다고 투정하던
동반자의 말에 실감이 왔다

때로는 혼자 살면 편하겠다고 생각했는데
임자의 빈자리가 너무나 소중하다는 것을 깨달았다
이 핑계 저 핑계 가사를 소홀히 했던 허수아비
청소기 한 번 물걸레질 한 번 도와주지 않으면서

정성껏 차려준 밥상 앞에서 싱겁네 짜네
반찬이 있네 없네 투덜댔던 내 입
백 마디 말보다 실천이 귀중하다는 것을 알면서
눈으로 보면서도 뒤돌아서 버린 내 행실

내 앞길 가로막는 장애물이 있다 해도
위로받기보다는 위로하고 사랑받기보다는 사랑하며
흙으로 돌아갈 이 육신 아끼지 말고
평생토록 내 아내를 위해 현모(賢母)처럼 살아야겠다

흥부가 되어야겠다

황룡강 가에 갈대 숲길 바람에 스치는
빠스락 소리에 쌓였던 스트레스가 사라지고
갈대숲에서 자연의 소중함을 깨닫는다

꽁꽁 얼어붙은 얼음 밑으로 흘러내리는 물줄기는
갈 길이 그리도 바쁜지 돌부리에 부딪히고 넘어져도
제 갈 길을 찾아가고 있는 것이
쉼 없이 앞만 보고 뛰어온 내 모습과 닮았다

삼백육십오일 부모님 묘지 한 번 다녀오지 못하고
친인척과 따뜻한 대화도 단절된 채 살아오면서
손에 잡히는 건 없는데 수많은 날 두뇌 속에는
남들보다 더 많이 더 잘 살아야 한다는 고정관념

버리지 못한 탐심 때문에
행복을 잃어가고 있다는 것을 모르고
내 앞에 물질만 움켜쥐고 놓지 않았던 욕심쟁이

나잇살 들수록 호주머니가 가벼워야 벗들도 풍성하고
인생이 풍요롭다고 했는데 남은 생이 캄캄하다

계묘년 토끼 한 마리 앞세우고 뛰어가는 놀부가 아닌
거북이와 천천히 걸어가면서
제비 다리 고쳐주는 흥부가 되어야겠다

스치는 그 자리

강 건너 한참을 걸어가다 보면 실개천 가에
당산나무 한 그루가 서 있다

무더위 속 행인마다 정거장이 되어
정담을 나누고 쉬어가는 곳

농번기 농부들의 중식 자리이며 모텔이 되어 주고
이웃 간에 정을 쌓을 수 있게
보금자리 구실을 하는 고목

밤이면 이 마을 저 마을 중매쟁이가 되어
처녀와 총각 연애 장소 일번지로
둔갑하는 요술쟁이다

지금은 주암댐 물속에
형체도 알아볼 수 없이 되어 있겠지만
세월 지나가도 그때 그 순간들
무슨 할 말이 그리 많아서
밤하늘 별 세어가며 맞잡는 손 놓지 못하고
새벽이슬 맞으며 사립문까지 배웅할 때
정은 더욱 깊어 가더라

망상과 몽상

괭이잠 속에 밤은 깊어 가고
떠오르는 헛된 망상
이루어질 수 없는 현실 앞에
너무나 큰 기와집이 그려지고
재물들이 눈앞에 쌓일 때
세상 모든 것이 내 것인 양
허세에 부푼 가슴 억누르지 못한다

오지 않는 잠
몽상 속에 잠들어 버리면
와가(瓦家)도 금품도 헛되이 버리고
손에 잡힐 듯 잡히지 않는 것을
붙잡으려고 달음질하고
돌아보니 청춘만 가고 잘한 것도 없는데
살아온 흔적 던지고만 싶다

무한정인 내 마음
욕심일까 내심일까
재물 앞세우지 말고
사랑의 연탄 배달꾼이 되었으면

소꿉동무

친구야 어디 갔니
숨바꼭질하려고 숨어 버렸니

팽이치기 자치기 땅따먹기
겨울이면 썰매에 몸을 싣고
해 지는 줄 몰랐던 죽마고우야
망향각 공원에는 발걸음 해봤니

지금은 할아버지 되어 손주들 재롱에
고향의 정은 잊어버렸겠지

헤어질 때 껴안고 울면서
어디 가든 잘 살아야 한다
고향 생각 잊지 말고
소식 나누며 살자던 불알친구야

주암댐 물속 고향 땅
그 속에 담긴 추억들
망각 속에 살고 있지는 않겠지
친구야 우정만은 변하지 말고 살자

주암호

저 물속 깊은 곳에
내 고향 한실이 있다

미역 감고 물장구치고 피라미 잡던
불알친구들이 너무나 그립다

가고 싶지만
보고 싶지만
갈 수 없는 주암댐 물속

그곳을 떠난 실향민들
나처럼 고향을 그리며
살고 있겠지!

지인(知人)

지인이 말하기를
상대의 성격을 알기에는
삼 년이 걸린다고 했다

내 마음 깊은 곳에
숨겨진 진심은 무엇일까
거짓일까 진심일까

비울 것은 비우고
내려놓을 것은 내려놓았다고 생각했는데
상대도 나도 서로 모르겠다

늘 초심을 잃지 않아야
삼 년 삼십 년이 되어서도
가까운 지인이라 할 것이다

아내의 손

결혼한 지 오래다
기념일도 한 번 챙겨주지 못했고
여행 한 번 가 본 적이 없다.

아내의 지고지순한 사랑을 받으면서
따뜻한 위로의 말 한마디 해 본 적이 없다
지난날의 내 잘못된 삶이
고희가 되고서야 알 것 같다

미우나 고우나
불평 없이 차려준 밥상 앞에서
거칠어진 아내의 손을 보는 순간

반성의 감정은 연륜에다 억누르고
아내에게 숨죽여 고백한다
이제부터 당신을 위해 살 거라고

병실의 천사

내가 여자로 태어나서
간병인이 되었다면
인성을 갖춘 여사님처럼
내 몸 아까운 줄 모르고
헌신할 수 있을까?

환자 모두의 도우미가 아니지만
솔선수범 일으키고 챙겨주는
아름다운 마음 안에
천사가 몇 분이나 계실까?

나누는 미덕 안에 향기를 꽃 피우는
병실의 천사 같은 신성이 있기에
환우분들의 상처가 기쁨으로 치유될 것이다

단신인 할머니의 푸념

병상에 계신 할머니의 하소연이
내 귀를 그냥 지나가지 않는다
생출 있어도 남편이 좋고
아들보다 딸이 좋다 하신다
영원한 잠자리에 계시는 고인을
이쁘다 반 미움 반 하시면서
한 많은 세월 푸념을 품어 내고 계신다

노부인의 가장 없는 설움이 얼마나 많으신지
남자 그늘 사모하며 눈물을 보이신다
먼저 가신 서방님 생각이 나셨으면
가구주 없이 살아봐야 과부 마음을 안다고 하실까?

칠십 되신 노모
가주(家主)없이 살아오시면서 쌓인
풍파 속의 사연들이 내 가슴을 찡하게 한다
군자 뒷바라지 고달프게 자녀들 키우며 살아오신 경험담
책을 발간해도 수십 권이 넘을 것이란다

단신으로 가정 이루며 남의 입에 오르지 않으려고
험하고 궂은일 눈물 삼키며 참아오신 날들
남자들도 힘든 일 억척같이 해내시고
밤이면 눈물로 베개를 적셨던 외로운 밤

그래도 자녀들 키워놓으니
잘 됐든 못됐든 속 썩이지 않고
자기네 앞길 찾아가고 있으니 복이라 하시면서
아들딸 자랑하시는 걸 보니
고인 되신 어머니
생전의 풍상 주마등처럼 스치고 지나간다

제목 : 단신인 할머니의 푸념
시낭송 : 박영애
스마트폰으로 QR 코드를 스캔하면
시낭송을 감상할 수 있습니다

진실한 고백

풍진세상 속에서도 흔들림 없이 힘에 겨운 일 감당한
죽어서도 그 은혜를 잊지 않고 갚아야 할 영원한 천년 지기
푸른 하늘 밝은 달 아래 꼭 있어야 할 겸손하고 아름다운 꽃

피어나는 꽃처럼 어여쁜 동반자
일어탁수(一魚濁水) 같고
우이독경(牛耳讀讀) 한 내 앞에 수호신이 되어
담소화락 주인공 되어 경거망동하지 않고
고진감래 감수하고 살아온 조강지처

유수 같은 세월 아름다움도 많았지만
내 잘못이 앞섰던 지나온 내 삶
내 가슴 치며 내 진실 말하고 싶었지만 용기가 없어
빗방울처럼 흘러내리는 당신 눈물 닦아주지 못했지만
현모양처 되어 가정 일구며 자식 뒷바라지에
얼굴에 화장 한 번 제대로 못 해 본 나의 구원자

당신 곡절 풀어주지 못하고
내 잘못 용서 한 번 구하지 못한 지금 내 심정
개과천선 되었다 해도 임의 마음엔 부족함이 많겠지만
사랑은 멀리 있는 것이 아니라
달님 가슴에 내 이름 석 자 자리 잡고 있다면 충분하지 않소
태양이 다 타도 경원이지(敬遠異志) 되지 않고
영원한 반석이 되겠소

허송세월

물길 따라 돌아가는
물레방아 회전 속에
내 마음 띄우고
세월 속에 묻힌
내 것이 아닌 무엇인가를 찾아

일출부터 일몰까지
삶의 과정(過程) 열어 놓고
앞만 보고 뛰었는데
빈 배만 키 잡고 왔다

뉘우침

시간 속에 묻혀 버린 내 과거를 돌아보니
장점은 숨어버리고 단점만 붙잡히는
암흑한 둘레 안에 갇혀 갈피를 못 잡고
무릎 수술을 몇 시간 앞둔
아내의 마음을 헤아려 보았다

남편 생각에 반찬 챙기고 옷가지 준비해 놓고
세탁기는 이렇게 사용하시오
청소기는 하루에 한 번 꼭 돌리시오
굶지 말고 식사하세요
바가지 긁는 소리가 짜증스러운 것이 아니라
남편 아끼는 사랑의 멜로디로 들려오는 아침이었다

손잡고 세월 지나온 지 사십 년이 넘었는데
신랑 하나만을 의지하고 살아온 몸에 칼을 사용하다니
진심으로 내 아내를 사랑했다면
이 글을 쓰기 전에 각성을 해야 했다

사랑하는 사람 수술실에 들어가게 한 것이
누구의 탓이고 잘못인가?
원인은 나에게 있는 줄 모르고 상대만 원망하고
책임을 전가(轉嫁)했을 때
당사자의 가슴은 얼마나 아팠을까?

치료가 끝나고 수면에 취해 나오는 순간
숨이 멈추는 것 같았다
병실에 들어와 창백한 내 임 얼굴 지켜보고 있으니
지나온 내 잘못이 실타래처럼 풀려
동반자의 몸을 감고 있었다
이제부터는 내 몸과 같이 아끼고 사랑해야지
다짐하지만 믿을 수 없다
세월아 내 마음 작심삼일 되지 않게 동아줄로 꽁꽁 묶어다오

제목 : 뉘우침
시낭송 : 박영애
스마트폰으로 QR 코드를 스캔하면
시낭송을 감상할 수 있습니다

대장장이 되었다면

바람에 날려
구름 따라 날아가 버린
허무(虛無)한 감정(憾情)

찾고 싶어도
찾을 수 없는 잊힌 사철
비운(悲運)의 생명

가슴속에 응어리 풀리지도 않았는데
연륜 속에 숨겨진 심은 정 홀로 안고
독수공방 면했어도
허수아비처럼
빈 수레같이 종이배 타고 온 객정(客情)

잡을 수 없는 세월
누구를 탓할까
망가진 생애 대장장이 되었다면

최고의 선물

애정이 말랐던 내 생애 꽃이여
하늘이 무너지고 바다가 말라도
임자가 옆에 있어 다행다복합니다

천생연분 따로 있나요
만들어 가면서 살아왔잖아요

위대하신 분이 내게 주신 최고의 선물 여보
하나뿐인 그대 바보같이 착한 사람
마음 시린 세월 목석같이 살아온 동반자

경애(敬愛)하는 내 임 곁에 너럭바위* 되어
당신 한 몸 꽃가마 태워주는 군자가 되겠소

* 너럭바위 : 넓고 평평한 큰 돌

무가보(無價寶) 당신

낙엽 떨어진 나뭇가지 사이로
당신의 모습이 그려 있어요

한 가지라도 꺾어질까 봐
치마폭으로 품고 있는 형상(形象)

싹이 돋아서 나올 수 있게 지켜주는
무가보* 당신

왕바람 불어도 흔들리지 않는 고목 뿌리
큰 가지 작은 가지 부딪치지 않도록 잡아주고
가지마다 맺힌 사연 풀어주고 감싸준 임자
궁창(穹蒼)에 해님 되었어요

* 무가보(無價寶) : 값을 매길 수 없을 만큼 귀중한 보배

운명

날갯짓이 아름다워 꼬집어 주고 싶어 불러봐도
꽃을 찾아서 내 곁을 떠나 버린다

나비야 너 가는 길에 삼간초옥 있거든
내 무거운 짐 잠시 맡겨주고 가면 안 되겠니

할 수 없다면 주인께 말이라도 전해줄래?
피처 가면 노정 잃은 길손 토끼 덫에 걸려 있다고
낙엽 되고 갈대가 되었다면
경향(傾向)이 부는 대로 내 운명 맡기고 갈 걸

금시(今時) 멈출 수 없는 길 어떤 가시밭길 있어도
강호(江湖)의 빛 되어 날개를 펴고 싶다

새싹이 부른다

밀물과 썰물이 교차하는 지점에 서서
공(空) 위(位)를 돌아본다
변한 건 없다

삶의 느낌은 사라지지 않고
가슴의 응어리 풀리지 않는 수수께끼처럼
위쪽에 가득 찬 팔랑개비 같은 생각
내려놓을까 붙들고 갈까

책상 위에 쌓인 먼지 휴 하면 날아가
어딘가 내려 쌓이듯이
마음의 흔적 감추려 해도 골은 깊어지고
후회 없는 날 되자 해도 새싹이 솟아오르지 않는다

회상

연모하는 꿈
공상에 쌓인 고독
고회 속에 괭이잠 되는 밤

가슴을 저미는 번뇌일까
칠질(七秩)*이 넘어서 망념일까

그대 작은 심장에
상처만 남긴 세월이 너무 길어
응어리 푸는 매질일까?

아낙군수 같은 내 삶
자갈밭의 사연
회고록이 된다

* 칠질 : 61~70세까지를 이르는 말. 한 질은 십 년을 이른다

연애 일 번지

샘터 돌담 사이로
사랑 바람이 오가는 짜릿한 순간

물긷는 아낙
행복한 대화 속에 꽃처럼 고운 얼굴
사과가 그려지고

물동이 이고 가는 그녀 뒷모습
외딴곳에 핀 이름 없는 꽃처럼
내 눈이 빛나고

한 송이 꽃은 싸리문이 감추고
그리움에 눈물 맺힌 사랑의 초보자

내 마음
숙녀 가슴에 고주박 되지 말고
샘터 사랑 용광로 되었으면 한다

당신 위해

깨지고 부서지고 땅이 꺼져도
당신과 함께라면
사막 같은 가시밭길
내 앞에 있어도
사랑한 임 품고
화살이 빗발치고 화산이 터져도
이 한 몸
당신 위해 던질 수 있소

임자 때문에
고주망태 꼼꼼쟁이 되고
맨주먹 나락뒤주 되지 않았소

마음의 꽃

꽃 한 송이 가슴에 품고
찾아갈까 말까
헤매다 시들어 버린 마음의 꽃

이슬 맺어 흘러내릴 때
닦아 주었으면
붙잡지 못한 상처가
눈물 되지 않았을 것을

꽃이 지고 잎이 오른
상사화가 되지 말고
영원히 피어 있는
사랑 꽃이 되었다면

가신 임 꽃 그리워
잠들지 못한
밤이 되지 않았을 텐데

이름 석 자

지나가는 기차처럼 떠나간 이름 석 자
잊으려 해도 회상 속에 그려지고

마음 떠난 애완견 몹시도 그립지만
찾아갈 수도 찾을 수도 없는
달님 속에 토끼처럼

눈빛만 보아도 행복이 충전되는 사람
내 앞에 있다면 왜 떠났느냐고
몸살 나게 물어보고 싶은데

망상 속에 잠긴 채 허망함만 길어지고
미련만 찾아가는 망령된 이 시간

내 곁을 떠난 그대 문패 옆에
내 이름 새겨 놓고
고래 등 집에서 알콩달콩 살고 싶습니다

소중한 사람

하늘이 맺어준 금쪽같고 곱살하며
넓은 마음의 소유자

태평양 인도양을 건너와서
병아리 품어 주듯
안아줄 수 있는 나의 동반자

가슴속에 응어리 사랑으로 감싸고
모든 풍파 견디며
오뚝이같이 살아온 진주 같은 내 둥지

지인에게 인정 베풀며
남편 허물 한 번 소곤거리지 않고
웃음으로 덮어준 내게 소중한 사람

화살에 맞아도 깨지지 않을 원앙새
짝 잃은 기러기 되지 말고
천생연분 감사하며 만사태평 즐깁시다

고요한 산골

꼬끼오 수탉의 울음소리 산골짝을 울리고
암탉이 그리워 부르는지 서글프게 들려온다

실개천 가 잎 떨어진 감나무
빨강 홍시 하나가 까치를 기다리며
사색에 잠겨 있다

작은 텃밭에 파란 배추 노란 속살 드러내고
가족 잃은 고춧대 풍성함은 어디 가고
벌거벗은 네 모습 지질컹이* 되었구나

농번기가 지난 마을 앞 쉼터
할머니 인생 푸념만이 노래가 되어 울린다

* 지질컹이 : 무엇인가에 내리눌리어 제대로 모양을 갖추지 못한 물건.

작은 샘

새파란 청이끼로 울타리 삼고
빨강배 개구리 헤엄치던 작은 샘

참새도 들랑날랑
나그네도 쉬어가는 곳
아낙네들 수다 떠는 장소

물긷는 발걸음 맞춰
물동이 위에 떠 있는 바가지
춤추는 모습 기억 속에 남는다

작은 샘터는 주암댐 물속에서
광주 시민의 식수를 제공하기 위해
용솟음치고 있다

독도의 영웅

봄에는 하늬바람
겨울에는 높새바람
괭이갈매기 까욱까욱 울어대는
외로운 섬 독도

먼저 가신 할아버지 대신
지킴이가 되어 주신 할머니
서도에 대한봉
998계단 넘어 물골에 있는 유일한 샘

독도만을 지키시는 할머니
이 나라 영웅이시며 자랑입니다

우리 땅 독도는 영원하리라

영원한 섬

바닷속 깊은 곳
화산이 만들어 준
가장 먼저 해가 뜨는 섬

새들의 천국 해산물의 왕국
보리밥나무 곰솔 섬괴불나무
천연기념물 336호 독도

동도의 괭이갈매기 하늘을 지키며
서도의 할머니 바라보니
외롭기 그지없다

행복하게 손잡고 있는 쌍둥이 섬
동도와 서도
그 누가 자기네 땅이라고

괭이갈매기가 웃는다
오징어도 열을 받아 일본 위정자들에게
먹물을 정조준하고 발사 일보 직전에 있다

독도는 영원한 우리 땅

지킴이

저 높은 석산 암벽에
외로이 서 있는 향나무

그리운 임 기다릴까
도동항 안내자일까
오징어잡이 배들 등대일까?

비가 오나
눈이 오나
바람 불어도

울릉도 관문 선착장 위에서
관광객의 환호를 받으면서
누구를 기다리는 건지!

힘들다 고달프다 말도 없이
이천 오백 년을 묵묵히 서 있는 향나무

사람이면 다 사람이야

사람 중에
예쁘다 하면 더 예뻐지고 싶고
에스라인 하면 더 가늘어지고 싶고
사랑한다고 하면 더 사랑받기를 원하고

뚱뚱하다 하면 열받고
메줏덩이 하면 분노하는 못난이들
'일색 소박은 있어도 박색 소박은 없다'

가방끈 길다고 아는 체 무시하고
재물 많다고 내려다보는 욕심쟁이들
권력 있다고 국민을 속이는 위정자들

비장애인은 장애인을 차가운 눈빛으로 바라보고
소경은 밝은 빛을 보기 원하고
청각장애인은 듣는 것이 소원인데

높아만 지고 싶은 욕망
사람이면 다 사람이야
사랑하고 섬기며 사는 것이 제일이지

쉼터

동네 어귀
오가는 이들의 쉼터

방 한 칸에 화투판이 자리하고
고도리 삼봉 배춧잎이 왔다 갔다

마루에는 장군 멍군
장기판에 줄을 긋고
졸개들이 장군 막는다

뜰 아래 멍석 위에는
네 짝의 나무토막 오가며 춤을 추고
윷이야 모야
왁자지껄 참새 떼처럼 왔다가
쉬어가는 시간의 쉼터

석양은 지고
돌아가는 발걸음마다
바가지 긁는 소리가 징징하다

당신의 기도

처음 본 당신
고생시킬 줄 알면서 손 내민 나
구멍 난 내 가슴에 당신을 묻어 봅니다

술에 취한 내 모습
어떻게 보고 살아오셨소
당신 가슴 찢어진 줄 모르고
술, 술, 술

당신을 품어야 할 시간
술친구 부름에
잠자리에서 일어났던 나

하나님이 붙잡고
행복을 주지 않았소

당신의 기도가 통했나요?

소나무 삼 형제

앞 산봉우리
늠름하게 서 있는 소나무 세 그루

실향민의 마음을 헤아리며
울고 있을 삼 형제
너희들 마음에도 향수가 있니?

뿔뿔이 흩어진 이웃사촌들
망향각 공원에
한 번쯤 발걸음 했겠지

물 건너 개구쟁이들
너희들 찾아와 다듬어 주고 안아줄 때
얼마나 좋았니
지금은 외롭지! 삼 형제야

그리운 어머니

어린 형제 양팔에 눕히고
젖가슴을 내어 주신 어머니

행복보다도 자식 둘 어떻게 키울까 걱정이 앞서고
넉넉하지 못한 살림에 앞날이 캄캄했을 어머니

어느 자식보다 잘 키우려고
온갖 궂은일마다 하지 않으시고
검정 고무신 꿰매 신고 논으로 밭으로

해가 저물도록 육신을 희생시키면서
오직 자식 둘만을 위해서
창피함을 치마 속에 감추고 살아오신 어머니

밤새도록 호롱불 켜 놓고 베틀에 매여 찰칵찰칵
오가는 북 놓칠세라 발을 당기신 어머니

저는 어머니께서 원하시는 길을 가지 않았습니다
평생 좋은 곳 구경 한번 시켜 드리지 못하고
드시고 싶은 자장면 한 그릇 대접하지 못한 불효자식

이제서야 눈물로 세월 보냅니다
그루잠 꿈속에서라도 보고 싶습니다

제목 : 그리운 어머니
시낭송 : 박영애
스마트폰으로 QR 코드를 스캔하면
시낭송을 감상할 수 있습니다

한숨 소리

하늘이 내려앉을 듯
땅이 구멍이 날듯
사로자다* 중에 들리는 긴 한숨 소리

마음 안에 쌓인
무거운 바윗돌을 던져 버릴 곳이 없어
내뿜는 것인가

죽이고 싶도록
미워했던 지난날들 속에
자신을 돌아보며
내뿜는 후회인가

내게 말하지 못한 가슴에 돌덩어리를
시멘트와 혼합하여 내 가슴에 붙어다오

* 사로자다 : 불안한 중에 자는 둥 마는 둥하게 자다

생각과 실천

종착역이 없는 무엇인가를 찾을 수 있게
저 산 돌바위 위에 올라가
소리쳐 보고 싶습니다

고희가 되어서도
살아온 길을 살아가야 할 길도 모릅니다
가르친사위*처럼 신이 주신 재물만 취하고
베풀지를 않았습니다

굶주린 가정에 밥 한 끼 나누지 못하고
길 가는 나그네도
발부리에 차이는 돌처럼 보았습니다

내가 배운 사랑과 나눔을 실천하지 않고
내 마음에 들보가 내 눈을 가리고
살아온 것을 인제야 알 것 같습니다

늦었다고 생각할 때
자비를 베풀면서 손을 펼치면
보람 있는 삶이고 행복이라고 말을 할 수 있게
지금에 나의 들보를 버려야겠습니다

* 가르친사위 : 창조성이 없이 무엇이든지 남이 가르치는 대로만 하는 사람을 낮잡아 이르는 말.

농부의 수고

고개 숙인 벼들이 인사라도 하듯
머리를 숙이고 있다
멀리서 바라보는 황금 들녘
누구의 작품일까?

아픈 무릎 지팡이가 대신해
논과 밭으로 걸음을 재촉하며
한 알이라도 땅에 떨어질까 봐
애지중지 키워온 일용할 양식들

오늘도 농부는 수확의 기쁨에
해 가는 줄 모르고 수고를 한다
땅이 주는 즐거움
흙은 우리의 생명 터이다

농부는 도시인의 보배이다
지금 세대들 농부의 수고에
고마운 줄 모른다

아까운 줄 모르고 버리는 음식물들
굶주린 배 움켜쥐고
물 한 바가지로 배 채웠던 보릿고개
쌀 몇 톨 밀가루 몇 숟갈
쑥 나물 뜯어다 죽 끓여 드셨던 조상님들
내려다보시고 얼마나 가슴이 아프실까?

그랬을 것이다

인물일까 성격일까
고향이 어디냐고 묻지도 않았다
거울 앞에 서서 내 얼굴을 보아도
탯덩이 같은데 나를 선택했을까

알코올 중독자
술에 찌든 남편 모습을 보면서
얼마나 마음이 아팠을까
후회와 원망 속에 흐르는 눈물 삼키면서
내가 참아야 한다고 그랬을 것이다

보따리 싸 놓고
하루에도 열두 번 수천 번
현관문을 열었다 닫았다 했을 것이다
남편 복이 이렇게 없을까
여자의 일생 애창곡을 부르며 그랬을 것이다

좋은 남자 많은데
망설이고 또 망설였을 것이다
내 남편 술만 끊는다면
부러울 것이 없는데 원수 놈에 술
각시보다 술이 더 좋을까 그랬을 것이다

술에 마귀들
그 괴물들과 함께했던 세월
오가는 술잔 속에
내 인생을 파묻고 살았던
지옥 같은 생활에서
건져 내주신 하나님께 감사드린다

행복한 미소

저녁 밥상을 물리고
텔레비전 앞에 앉아 있었다
설거지하는 아내의
그릇 부딪히는 소리가 짜증스러웠다

그 소리가 나에 대한 불평인 줄 몰랐다
본인의 마음속에 서운함이 도사리고 있었지만
말을 못 하고 나의 실천이 있기를 바랐을 것이다

여보 미안해
앞으로 내가 설거지할게
실쭉이 웃는 아내의 미소
마음의 소원을 풀어준 것 같다
내 마음이 행복했다

조금만 배려하고
잠깐만 내 몸 움직이면
가정이 화목해지는 걸 왜 몰랐을까?

한실 마을

명절이면 고향 찾아 수백 리 길을
멀다 않고 찾아온다

나는 찾아갈 고향이 없어졌다
유년 시절 홀딱 벗고 헤엄치던 벗들도
뿔뿔이 흩어졌다

보성강 물줄기가 흘러 모인 곳
광주·전남 식수원이 되어 버린 주암호 모후산에
지나간 내 추억이 잠겨 있다

인심 좋고 소박했던 마을
논밭에서 쟁기질하던 동네 어르신
이웃을 부르며 함께 하는 농주 한 잔

흰 쌀밥에 갈치조림 하면 최고의 별미
지금은 생각에서나 먹고 있을 뿐이다

보고 싶어도
들여다볼 수 없는 푸른 물빛은
언제나 내 고향을 지키고 있다

내 허물 좀 보세요

조병훈 시집

2023년 8월 7일 초판 1쇄
2023년 8월 9일 발행
지 은 이 : 조병훈
펴 낸 이 : 김락호
디자인 편집 : 이은희
기 획 : 시사랑음악사랑
연 락 처 : 1899-1341
홈페이지 주소 : www.poemmusic.net
E-Mail : poemarts@hanmail.net

정가 :12,000원
ISBN : 979-11-6284-462-5